ざまぁされた王子の三度目の人生

主な登場人物
クルト
二度目の人生の主人公。孤児として生まれ、教会で育てられた。一度目の人生の記憶を薄っすらと持っている。
リーゼ
公爵家の令嬢で、宰相の娘。クラウスの婚約者。一度目の人生では、クラウスから婚約破棄された。聡明で優秀。
クラウス
一度目と三度目の人生の主人公。第一王子で次期王筆頭候補。一度目の人生では婚約破棄をして鉱山に送られ、今までの行いを反省する。

宰相
公爵家当主でリーゼの父。国の政治を一手に担っている権力者であり、国と民を一番に思っている。
親方
一度目の人生でクラウスが送られた鉱山の親方。クラウスの面倒を見る。仲間思いの頼れる兄貴分。
神父
教会の神父さん。二度目の人生で、孤児として生まれたクルトを導く。

Contents

ざまぁされた王子の三度目の人生

海野はな

イラスト
梅之シイ

プロローグ

王宮の宝物庫には、王族の所有するたくさんの宝物が保管されている。煌《きら》びやかな王冠、宝石のたくさんついた首飾りや腕輪、ブローチ。見ているだけで目がチカチカしてくるような眩《まぶ》しさだ。

これらは値段のつかない価値のものばかり。それ故にこの宝物庫は厳重に管理されている。自由に入ることができるのは王と王妃、それからここを管理する数人の役人のみ。他の人がここに立ち入るには、厳重な審査と許可が必要になる。

この国の第一王子であるクラウスは7歳になり、初めて宝物庫に入ることを許された。さすがに王妃もこれらの宝物に悪戯《いたずら》をされたら困るので、今までは許可を出さなかったのだ。

「いいですか、わたくしから離れてはいけません。それからいいと言ったもの以外、触れてはなりませんよ」

「分かっていますって」

クラウスは母である王妃、宝物庫の管理官と共に中へ足を踏み入れ、ぐるりと見回して「わぁ」と感嘆の声を上げた。

「綺麗でしょう？」

クラウスの目を引いたのは金の剣だ。儀式の時に国王である父が身に着けていた記憶がある。

「母上、いずれ僕もこれを使うのですか？」

「そうですね」

それを想像すると、なんだか誇らしくなってくる。自分はいずれここにある豪奢《ごうしゃ》な王冠をかぶり、金の剣をつけるのだ。それをクラウスは当然の未来として捉えていた。

ふと煌びやかな一角から視線を外して反対側を見ると、宝物には見えない古びたものたちが置かれた場所があった。

「母上、あちらはなんですか？」

「あぁ、あれらも宝物なのですよ。行ってみましょうか」

王妃と共にクラウスはそちら側までゆっくりと歩く。

「この剣は初代王が自ら戦《いくさ》に赴き敵将を倒した剣と言われているのですよ。あちらは三代目王妃が愛用したカップ。割れてしまっているけれど、細工は見事でしょう？」

「ふぅん」

どうやら歴代の王族が使用した何からしい。近づいてみても、クラウスにはそのよさは分からなかった。どう見てもただのガラクタだ。

折れた剣は使えないし、ところどころさびていて見た目にも綺麗じゃない。端が取れてしまっている女物の小さな冠は、変な形に曲がっていてなんだか不吉だ。割れて使えないカップより、新しくてキラキラしているものの方がいいに決まってる。こちら側に来なければよかった。

クラウスはそんなことを思いながら、興味なく母のあとをついて歩いた。

「これは五代目の王妃、だったかしら、の耳飾りよ。壊れてしまっているけれど、宝石だけは今でも綺麗でしょう？　石だけ取り出して加工できないかしら」

王妃は宝石が好きだ。そんなことを言って、管理官に「おやめください」と窘《たしな》められている。新しい宝石を取ってこさせればいいのに。

クラウスはつまらなくなってきたが、王妃はガラクタに夢中だ。逆を向けば煌びやかな甲冑《かっちゅう》が見える。やっぱりあっちの方が好きだ。それでも母から離れるなときつく言われている。仕方なくガラクタに視線を戻して王妃の後ろにぶらぶらとついていた。

ふと落としていた目線を上げると、ガラクタが並んだ先の角に何か光っているものが見えた。金属的なキラキラではなく、柔らかい白い光を放っているように見える。

「母上、あれはなんですか？　あの光っているやつです」

王妃はクラウスが指差す方向を見た。でも王妃には光っているものなど見当たらない。

クラウスが指差しながら数歩進むと、光はさらに強くなった。まるで引き寄せられるようにその光に向かっていく。

そこにあったのは、取っ手のついた小さな丸い鏡のようなものだった。

「これです。どうしてこんなに光っているのでしょう?」

なぜかとても触れたくなった。触ってみたくてたまらない。だけど触れるなときつく言われている。ぐっと我慢して母を見上げる。

「光ってはいないと思うけれど?」

不思議そうな顔をしながら、王妃はそれを手に取って眺《なが》めた。

王妃が動かす度《たび》に眩《まばゆ》い光が発せられてクラウスは目を細めた。それにもかかわらず、不思議なことに王妃が眩しがる様子は全くない。

鏡らしき丸い部分は曇《くも》っていた。王妃が覗き込んでみると、自分の顔の輪郭がぼんやりとだけ映った。

「何かしら?　手鏡のように見えるけれど、曇っていてよく見えないわ。あなた、分かる?」

「あぁ、こちらですか」

宝物庫の管理官が、それを見て微笑んだ。

「王家に伝わる秘宝の一つで、『三度の手鏡』と呼ばれるものでございます」

「三度?」

「三度、己の姿をその鏡で見せてくれるそうです。国が滅びる前兆が現れた時、必要な者がその力を得る、と言い伝えられているのですが、正直なところその意味はよく分かっていません」

この手鏡の持ち主が誰であったのか、力、というものがどんな効果をもたらすものなのか、正確なことは何も分かっていないという。

王家の秘宝というものはいくつもあって、それぞれに異名や迷信があったりする。例えば一つだけ願いを叶えてくれるブローチとか、一定時間だけ時を止めてくれる指輪とか、怖いものでは呪いをかけられるネックレスというものもある。それらも同じようにこの部屋に置かれているが、効力を発揮した秘宝を見たことがある者はいなかった。なので王妃も管理官も、その一つだろうと特に気に留めなかった。

「母上、僕も見たいです」

「いいでしょう。壊さないように気を付けるのですよ」

クラウスが母から手鏡を受け取った瞬間、光がさらに強くなった。こんなに眩いのに、王妃たちにはその光が見えていないようだ。

「わぁ、綺麗」

王妃は曇っていてよく見えないと言うが、クラウスには曇りも傷も一つも見えない。真新しい磨きたての鏡に見えた。

「綺麗かしら？　わたくしにはそうは見えないけれど、クラウスはそれが気に入ったのね」

王妃は首を傾《かし》げている。

こんなに綺麗なのに、どうして分からないのだろう。ここにある他の宝物とは比べ物にもならないくらいなのに。

そう思いながらクラウスは鏡に自分の顔を映した。その瞬間、鏡は一度激しく光った。クラウスは驚いて手を離そうとした。しかし、まるで固まってしまったかのように手が動かない。

そのまま光はだんだんクラウスの中に吸収されていく。

……何？

クラウスは慌《あわ》てた。声を発したつもりだったのに、口が動かない。それどころか手も身体も全く動かない。

……熱い。

そうしているうちにも光はどんどんクラウスの中に入ってきて、その度にクラウスの身体は熱くなる。何かが入り込んでくるような感覚に絶叫したが、声になることはなかった。

そして、ふっと光が消えた。固まっていた身体が自由を取り戻す。

同時にクラウスはその場で意識を失った。

1章　一度目の人生

「リーゼ、お前との婚約を破棄する！」

その声は学園のホールに響き渡り、賑《にぎ》やかだった会場が一気に静まり返った。

今日は学園の卒業パーティーだ。その会場には、卒業生をはじめとする若い貴族たちが集まっている。その中でもともと注目されていた第一王子である俺が宣言すると、皆がこちらに注目するのが分かった。

公爵家の令嬢であり、俺の婚約者であった女、リーゼは静かに聞き返してきた。

「理由をお聞かせ願えますか？」

そんなところが気に入らない。少しは焦ったり動揺すればいいものを。

彼女はいつも落ち着いている。そして俺が悪いかのような目線を向けてくるのだ。

チッと舌打ちしそうになるのを抑えて、目の前の女を睨《にら》む。

「理由だと？」

まず見た目から気に入らない。小柄で細すぎる貧相な身体、目が小さくのっぺりとした顔立ち。王子妃としての華《はな》がなく、美丈夫だと評判の俺とは一切釣り合わない。今までは我慢して

いたが、こんな地味な女をエスコートしなければならないのが恥ずかしくてたまらなかった。

それからその態度だ。風が吹けば飛ぶくらいに弱そうな身体をしながら、俺に向かって幾度も苦言を呈してくる。俺がいくら頑張ったところで褒めること一つしないばかりか、俺の前ではいつも困ったような表情を浮かべ、ニコリともしない。

全く可愛げがない。

いつもにこやかに俺の周りに集まる花たちとは比べ物にもならない。彼女たちは俺がいかにすごいか理解しているし、俺に見せるためにいつも自分を美しく着飾っている。そんな美しくあろうとする努力もせずに、俺の隣にいられるとでも思ったのか？　馬鹿が。

「お前は俺に相応《ふさわ》しくない。その理由が必要か？　そんなことはお前が一番よく分かっているだろう？」

さすがにここでお前の欠点をさらけ出すことはしないでやる。それくらいの配慮はできる。俺は優しい男だからな。

ここで泣いてすがってきたり役に立てずに申し訳ないと謝りでもすれば少しは可愛げがあるというものだが、リーゼはただ静かに「承りました」と述べただけだった。

本っ当に可愛くない。苛立ちが募る。

承りました、だと？　こいつは自分の状況を理解しているのだろうか。俺がどれだけ慈悲の心を持って糾弾《きゅうだん》しないでやっているると思っているのだ。

まぁだが、王子である俺から婚約を破棄された女など、もうどこにも嫁げまい。いい気味だ。それならばどうせ未来のないこいつのことなど気にせず、この場で俺の優しさを周りに示しておく方がいいだろう。

そう考えなおして、俺は目の前の女を睨むのをやめた。

「俺に対する不敬の数々は見逃してやる。その代わり、もう俺に姿を見せるな」

きっぱりと言い切ると、初めて女はわずかに動揺して俺を見上げてきた。

「お仕事の引き継ぎが必要ではありませんか？」

「お前がやっていたのは俺の手伝いだろう？　そもそも俺がしていた仕事なのに、どうして引き継ぎを受けなきゃいけないんだ。そうやって俺の気を引こうとするなど見苦しい。さっさと去れ」

女が一瞬ぐっと詰まるような表情をしたことに、少しだけ溜飲《りゅういん》を下げる。そして女は何事もなかったかのように礼をすると、くるりと踵《きびす》を返した。その姿がいたく反抗的に見え、再び腹が立った。婚約を破棄した理由とやらをつらつらと述べてやればよかったと少し後悔する。

だが、さすがにこれだけの人が見る前で婚約を破棄したのだから、父である国王も何も言えないだろう。宰相の娘であるリーゼとの婚約を決めた父は、何度願っても婚約を解消することを許してくれなかったのだ。

これで自由の身だ。

そう思えば、少しは気分も上がるというもの。清々《せいせい》した気持ちで、もう見ることはないだろう女が出ていくのを眺めた。

◆◇◆◇◆

宰相の娘であるリーゼと正式に婚約したのは慣例により10歳の時だ。だけど、俺たちの婚約は生まれたと同時に決まったようなものだった。

俺は国王と王妃の第一子、嫡男《ちゃくなん》として生まれた。生まれながらにして、いずれこの国の頂点に立つことが約束された立場だ。

リーゼは王の次に権力を持つ宰相の娘であり、筆頭公爵家の令嬢として、俺とほぼ同時期に生まれた。

国を安定させるため、政治的要因で、俺たちの婚約はすぐに決められたらしい。要するに、俺が物心ついた頃には既に未来の伴侶だと定められていたのだ。

俺はリーゼが気に入らなかった。

俺は王子で、未来の国王だ。国王はこの国で一番偉い。だから今一番偉いのは父で、いずれ一番偉くなる俺は今は二番目に偉い。

子供も大人も俺の言うことはなんでも聞いた。当然だ。俺は王子で、偉いのだから。それなのにリーゼは俺の言うことを聞かないし、それどころか文句を言ってくる奴だった。

5歳のある日。

「外に行くぞ。リーゼもついてこい」

「駄目ですよ、殿下。文字の練習が終わってからです」

「僕が行くって言ったんだから、行くの」

「わたくしは終わってからにします」

「終わってからじゃない、今。なんで僕の言うことが聞けないの？」

こういう言い合いになると、なぜか侍女たちもリーゼの味方をするようになる。

「では少しだけ、ここだけやったらお2人で外に出てはいかがですか？」

「そうしましょう、それがいいですよ、殿下！」

面白くない。俺の方が偉いのに、なんでリーゼの言うことを聞かなきゃいけないんだ。

6歳のある日。

俺はリーゼとそれぞれ絵を描いていた。

「そっちの色を貸せ」

「今使っているので少し待ってくださいませ」

「僕も今使うんだ！」

「もうすぐ終わりますから」

俺の言うことは絶対なのに、どうして俺の言うことが聞けないんだ？

しかも貸せと言ったのであって、返さないとは言っていないのに。使わなくなったら返してやるんだから、俺は優しいだろう？

俺はリーゼから筆を奪った。リーゼは怒らなかったが、心から呆《あき》れたという顔をした。

「殿下は少し待つということもできないのですか？」

寄こさないリーゼが悪いのに、どうして俺が悪いみたいになるんだ。

そんな感じで会う度に衝突していたが、誰もリーゼを叱らなかった。逆に俺は、少しはリーゼに歩み寄れと言われる始末。なんで俺が歩み寄らなきゃいけないんだ？

俺の方が偉いのに。


7歳になったばかりのある日、俺と母はリーゼとリーゼの母を招待して、王宮の一室で昼食をとっていた。俺は不満だらけだった。リーゼとの昼食だからと食事のマナーを叩き込まれ、それだけでなく、リーゼに優しくしろだのなんだのと言われたからだ。リーゼは俺に優しくなんかしないのに。俺の侍女たちはリーゼを気に入っている。俺の侍女なのに。

さらに食事が始まってから、母までリーゼを褒《ほ》めた。

「リーゼは食事の所作が綺麗ですね」

「ありがとうございます、王妃様」

2人で微笑み合っている。俺だって気を付けながら食べていたのに、母は俺じゃなくてリーゼが綺麗だと言った！

無性に目の前の野菜のスープが憎らしくなった。

「これは食べたくない。すぐに替えてきて」

俺が緑の野菜を嫌いなのを知っているのに入れた料理人も、出してきた侍女にも腹が立った。

「殿下、こちらは殿下のお身体を思って作られたスープでございます。少しでいいのでお召し上がりになってください」

「嫌だ。替えてって言ったんだよ。僕の言うことが聞けないの？」

困った顔をして動かない侍女にイライラしていると、リーゼが俺に見せつけるようにそのスープを口に運んだ。

「殿下、美味しいですよ。一口だけ食べてみたらいかがですか？」

「嫌だよ。不味《まず》いのを知っているもの」

「でも殿下にも食べてもらいたくて料理人が作ったのでしょう？」

俺のために作られたものなんだから食べるのが礼儀だというリーゼに、俺は声を荒げた。

「いらないって言ってるだろ。口を出すな！」

招待してやっているのはこちらなのに、なんで文句を言われなくちゃいけないんだ。全く意味が分からない。俺はリーゼを無視して侍女を睨みつけた。

「早く替えて」

「ですが……」

これだけ言っても侍女は動かず、俺は母を見た。

「母上、この人、僕の言うことを聞かない。辞めさせてよ。命令には従わなければいけないのでしょう？」

「そうねぇ、でもクラウス、時には寛容な姿を見せることも王子として大事よ」

母は俺に優しく微笑むと、侍女に向かって言った。

「王子が嫌だと言っているのだから、すぐに替えてきてちょうだい」

「……かしこまりました」

侍女は母の言うことならば聞く。ちょっと悔しい。俺が王になったら、こいつも料理人も辞めさせてやるんだ。でも今は母の言う通り、寛容な姿を見せることにする。

「コーンスープにすれば、許してあげるよ」

静かに侍女が下がったのを見て、俺は母に笑いかけた。

「母上、僕、ちゃんと許してあげたよ」

「そうね、クラウスは優しいわね。リーゼのことも許してあげなさい」

「どうして？」

「だって、クラウスは優しい子だもの」

「……分かった、許してやるよ」

母は俺の頭を撫《な》でてくれた。

食事会は静かに終わった。許してやると俺が言ったのに、リーゼは何もしゃべらなかった。お礼すら言えないらしい。スープのあとは俺の好きなものだけが出てきたので、仕方なく食べてやった。最初からそうすればいいのに、どうして嫌いなものも出すのか分からない。

「ねぇ、母上。なんで僕はリーゼと仲よくしなきゃいけないの？　リーゼは僕の言うことを聞かないし、あまり可愛くもないよ。他の子と遊びたい」

「そうねぇ、でももう少し大きくなれば変わるかもしれないわよ」

母はそんなことを言って、俺が嫌だと言うのを聞いてはくれなかった。他のことならなんだって聞いてくれるのに、リーゼばかりは特別扱いなのだ。気に入らない。

食事会から数カ月経った頃、俺は高熱を出して寝込んだ。その直前に母と宝物庫に行ったことまでは覚えているが、ガラクタを見ていたあとの記憶がない。母によれば、手鏡を見ていた時に気を失ったとのことだ。

３日ほどで熱は下がったが、まだ身体が怠《だる》かった。ゆっくり休むようにとの母の指示で、俺はそれからさらに5日、言われた通りゆっくり休んだ。

「こんなもの食べられないよ」

「ですが、まだお体が本調子ではないからと特別に作らせたものなのです」

「普通のを食べられる。肉がいい」

もう身体の調子はよいというのに、食事は柔らかいものばかり。嫌になる。それなのに勉強だけはしろと教師が本を持ってくる。休めって言うのだから、普通は勉強も休みだろう？

「まだ体がよくならないから、今日の勉強は終わりだ」

「殿下、もう少しだけ進めましょう？」

「うるさい、終わりといったら終わりだ」

教師と言い合っていたら、母が入ってきていた。

「あらあら、なんの騒ぎかしら？」

「母上、まだ調子が悪いと言っているのに勉強しろと言うのです」

「あら、それは大変ね。勉強はしっかりよくなってからにしましょう。いいわね？」

「……かしこまりました」

母はいつも俺の言うことを聞いてくれる。みんな母の言うことには逆らえない。優しくて強くて、すごい人なんだ。


8歳になったある日。今日はリーゼとのお茶会だ。

「殿下、リーゼ様がお待ちです。参りましょう」

「待たせておけばいいだろう？　なんで僕があいつに会わなければいけないんだ」

「そういう決まりです。いずれ婚約者になるのですから、仲よくするのがいいと思いますよ」

侍女に促されて、仕方なくリーゼがいる部屋へ向かう。

俺が望んだわけでもないのに、仲よくしておくようにと定期的に会う機会を作られているのだ。はっきり言って面倒だ。

侍女が開けた扉を抜けると、リーゼは椅子から降りて俺にお辞儀をした。毎回挨拶《あいさつ》を受けるのはうっとうしい。やらなくてもいいのに、そういう決まりだという。決まり決まり、決まりばっかりだ。嫌になる。仕方なく、いつもと同じような挨拶を聞いてから席に着く。

「お忙しかったのですか？」

遠回しに遅いと言ってくる。本当に嫌だ。

「僕はいつも忙しい。勉強がたくさんあるんだ。教師が山ほど本を持ってくる」

今日もそうだった。やりたいことがあったのに、お勉強が終わってからですと積み上げられたのだ。こんなに大量の本を読めというのか？　それを無視していたら教師に「やらないと立派な王になれません」とか言われた。あの教師、俺が王になったら絶対に辞めさせてやる。

「殿下は大変ですね」

「お前はいいな。毎日遊んでるんだろ？」

「わたくしも勉強していますよ。王妃になるにはたくさん学ばなければいけないんですって」

王妃である母は毎日優雅にお茶してお菓子を食べて、宝石を眺めているだけだ。王妃になるための勉強なんて、大変なはずがない。それを俺と同じくらい大変だと言うのはどうなんだ？

「今日はお菓子を持ってきたのです。一緒に食べませんか？」

リーゼが侍女から受け取った包みを開けると、中には一口サイズのクッキーが入っていた。

「殿下がレーズンが好きだと聞いたので、取り寄せて入れてみました」

「お前が作ったのか？」

「料理人に教えてもらって、わたくしが作りました。お口に合うといいのですが」

リーゼは一つ取って食べてみせる。毒見として出す側が先に口に入れるのが貴族のルールだ。

「形がガタガタじゃないか。そんなの食べれないよ」

「形は上手くいかなかったのですけれど、味は大丈夫ですから」

ほら、と言うようにリーゼが俺の前に包みを出してきた。食べないと言ったのに。

俺が動かないのを見た侍女が声をかけてきた。

「リーゼ様がせっかく作ってくださったのですから、一つお召し上がりになってみては？」

レーズンはそのままで食べるのがいいのに、なんでクッキーに入れたんだ。しかもひどい形。

「僕に食べてほしいなら、もう少しまともなものが作れるようになってから言いなよ」

「殿下、そのような言い方は……」

侍女が取りなそうとする。俺の侍女なのに、どうしてリーゼの味方をしようとするんだ。

「うるさい。いらないって言っただろ！」

立ち上がった拍子に俺の手が包みに当たり、クッキーが床に散らばった。

「あ……」

リーゼが悲しそうな顔をする。

わざとじゃない。俺のせいじゃないぞ。仕方ないだろう。いらないと言ったのに食べろと言うからいけないのだ。

　俺はそのまま部屋を出た。


　10歳になり、俺とリーゼの婚約は正式なものになった。

　俺は嫌だと言ったけれど、聞き入れられることはなかった。

「殿下、これから婚約者として、よろしくお願いします」

「フン、俺の婚約者になれるなんて運のいい奴だな。ありがたく思えよ」

　婚約者になると、一緒にいる時間も増えた。椅子を並べて教師から教わったり、お茶会だ食事会だのと共に行動させられる。

　それから2年ほどすると、仕事も渡されるようになった。王族としての務めなのだそうだ。

「殿下、もう少しだけ進めましょう？」

「そう思うならお前がやれ」

「殿下の仕事ではありませんか」

「だからといって、別に今日やらなくてもいいだろう。あぁそうだ」

　俺はニヤリとリーゼに笑みを向けた。

「お前は俺の婚約者なのだから、俺を手伝うのは当然だよな」

「……えぇ、そうですね」

「じゃあ手伝ってくれ。俺は別の用事があるから、よろしくな」

俺はリーゼに書類を渡すと部屋を出た。やれというのなら自分でやれ。俺に指図するな。

◆◇◆◇◆

15歳になると貴族の子女は学園に入学する。

学園には同年代の貴族の子女が大勢いた。今まで限られた子供しか俺と遊ぶことを許されていなかったので、俺はたくさんの人に囲まれることがなかった。ここでは皆が俺に寄ってきた。彼らはリーゼのように俺に文句を言ったりしなかった。

母には学園で将来の側近候補を選ぶように言われていた。だから気の合いそうな者たちを側近候補にした。彼らは俺の言うことを理解し、俺が言う通りに動いた。

俺に意見を言ってくる奴は遠ざけた。側近候補に命じて大人しくさせたり、事実上学園から追放したりした。俺に従えない奴は、この国にいらない。

だが俺は優しいから、悔い改めるならば許してやらないこともない。自分が間違っていたと認め、俺の命令に従うならば側近候補に加えてやることもあった。

女子生徒も誰が俺の隣に座るかで争った。

「殿下、今日はわたくしと昼食をとってくださるお約束ですよ？」

「まぁ、わたくしもご一緒してもいいでしょう？」

「わたくしも仲間に入れてくださいませ」

「駄目よ、わたくしとのお約束なのですから。ね、殿下？」

俺を巡って争いが起きてしまった。これは困ったな。

「皆で昼食をとろう」

「えー？　わたくしと、と言ったではありませんか」

「2人で、という約束はしていない。でも、今日の俺の隣は君だ。それでいいだろ？」

フッと笑って立ち上がると、視界の角に一瞬だけリーゼが映った。少し気分が悪くなったが見なかったことにして、俺は専用で使っている部屋へ、彼女たちと共に向かった。


ある日、学園の部屋で側近男女数人と過ごしていると、書類を抱えたリーゼが入ってきた。

「失礼します、殿下」

「なんの用だ？　俺たちは今勉強会中で忙しい。邪魔しないでくれるか？」

「勉強会には見えませんが……」

「教科書を開いていることだけが勉強じゃない。そうだよな？」

側近に目配せすると、彼は苦笑しながら頷《うなず》いた。

リーゼはそれを横目に見ると、俺の前に書類を置いた。

「殿下、こちらにサインをお願いします」

「は？　ここは学園だぞ。分かっているのか？」

「分かっております。でも殿下は城の執務室にはいらっしゃらないではありませんか」

「だからといって持ち出していいものではないだろう。それも分からないのか？」

「こうしないと間に合わないので、持ち出し可能なものだけを持ってきたのです。残りは城にありますから、執務室にもいらしてください」

間に合わないくらいのものがあるならば執務室に来るように言えばよかったのに、と思ってから、そういえば何度も言われて適当にあしらっていたことを思い出した。そのうち行くと言いかけた時、俺が今一番気に入っている女子生徒が「まぁ」と声を上げた。

「殿下はお仕事も忙しいのですものね。でも殿下ならこのくらい、すぐに終わるでしょう？」

「フッ、当然だろ」

俺は書類を手元に寄せると、ざっと見てサインをした。

「殿下、内容もちゃんと確認してください」

「見ている。そもそも、しっかり確認しないとまずいような不完全なものを、お前は俺に見せているのか？　ちゃんと確認するのはお前だろ」

サインを繰り返してさっと終わらせると、リーゼに突き返す。

「これでいいだろ？」

「ありがとうございます。それから殿下、こちらなのですけれど」

「まだあるのか？」

リーゼが別の書類を俺の前に置いた。それには俺が購入したものとその金額が記されていた。

「これらはなんのために購入されたのですか？　殿下がお使いになるものではありませんよね」

「あぁ、彼女たちにあげた」

俺は目線の先にいる女子生徒を見て言った。今彼女がつけている髪飾りは俺がプレゼントしたものだ。それに気が付いた彼女は、それをアピールするように頭を傾け、リーゼに見せた。

「なぜ彼女に？」

「欲しいと言われたから。それに、彼女は俺のために仕事してくれたからな。褒美《ほうび》だ。何か問題でもあるのか？」

「殿下に割り振られたものとはいえ、国のお金ですよね？」

「それのどこが問題なんだ？　父上も女性に贈っているし、母上は自分で買っているだろ。それに、国の金は王家の金。お前が口出しすることじゃない」

装飾品を数点購入したからといって、なんなのだ。父の多数の妾《めかけ》たちだって、母だって、いつも着飾って多数の装飾品を身に着けている。それに比べたらささやかなものではないか。

「あぁ、そうか。嫉妬《しっと》してるんだな？　分かったよ、欲しいならお前にも買ってやる」

「そういうことではございません。これらのお金は平民たちが稼いだものなのですよ。使い道はしっかり考えて……」

「平民のことなど、俺の知ったことではない。欲しいなら素直に言えばいいだろう？　髪飾りか、それともブローチがいいのか？」

こうやって妨害されるくらいならば、一つ二つ贈っておく方が楽だ。婚約者だからって特別扱いされないと気が済まないとは、まったくもって面倒くさい。

リーゼは欲しいものは言わず、諦《あきら》めたように俺がサインした書類をまとめて手に取った。

「執務室にも……」

「行けばいいんだろう？　その時までにちゃんと終わらせておけよ。俺は忙しい。お前に合わせてばかりいられないんだ」

リーゼは軽くお辞儀すると、部屋を出ていった。

◆◇◆◇◆

学園では時折学生たちのパーティーが開かれる。婚約者がいる場合、パーティーにはエスコートして参加しなければならないというルールがある。俺はリーゼと共に参加などしたくないが、仕方がない。エスコートをしなかったら文句を言われたうえに、その時につい手を上げてしまい、父からも注意されてしまったのだ。

「今日もまたみすぼらしいな」

貧相な身体に質素なドレス。筆頭公爵家の令嬢なのだから用意できないはずがないのに、リーゼは着飾るということをしない。宝石は小さなものだけだし、顔まで青白い。

「元の顔がブサイクなのはしょうがないにしても、化粧でなんとかするとかできないのか？」

「申し訳ございません」

「俺の婚約者でいさせてやってるんだから、それに相応しい振る舞いをしろよ」

なんでこんな女を連れて歩かなきゃならないんだ。盛大にため息をついてから会場を進む。指定の場所までエスコートすればとりあえず役目は終了だ。

「殿下、あちらでわたくしたちとお話ししましょう？　皆が待っていますわ」

リーゼからパッと腕を離すと、俺は振り返ることなく別の女の腰に手を回した。会場の奥に進むと、俺はいつものように人に囲まれた。

「ねぇ殿下、本当にあの方とこのまま結婚なさるの？」

「そう決められてる。父には君がいいって訴えてるけど、許可が出ないんだよ。ごめんね」

「いいえ、殿下のせいではありませんもの。わたくしは妾でも構いませんの」

「貴女《あなた》ばかりずるいわ。わたくしも殿下のお側にいさせてもらえますわよね？」

「そうしたいと思っているよ」

俺はニコッと微笑んだ。父には妾が大勢いる。俺の側にいたいと言うのだから、断る方がよくないに違いない。

「それにしても、あの方は殿下に相応しくないと思いますわ」

「あら、殿下の婚約者様にそのような言い方は失礼でしてよ？」

「でも皆もそう思うでしょう？　だって殿下は未来の国王陛下ですもの。もっと相応しい方がいらっしゃると思うの」

「確かに。国王となった未来の殿下の隣に並ぶのがあの方では、周辺国からどう思われるかしら。わたくし、不安ですわ」

それもそうだな、と思えてきた。あの地味で貧相で青白い女が国王になった俺と並んでいたら、周辺国から見下されるだろう。国内の民や貴族だってその程度の王だと蔑《さげす》むかもしれない。

「殿下はあの方がお好きなの？」

「そんなわけないだろ、冗談はよしてくれよ。この俺に文句ばかり言ってくるんだぞ」

思い出すだけで腹が立ってきた。勉強しろ、仕事しろ、周りを見ろ、あとはもう何を言われたか忘れたが、いつだって会えば苦言ばかりのリーゼ。そういえば最近は静かになったが、代わりに俺を蔑むような目で見てくる。婚約者だから大事にしろ？　アレは俺にニコリともしないのに、なぜ俺が気を使わなければならない。

「殿下が我慢する必要はないのではありませんか？　ほら、最近は婚約を破棄する男性も増えているそうですもの」

一人の女性が色っぽい目線を俺に送りながらそう言った。

「好きでもない方と一生を共にされるのはおつらいでしょう？　わたくし、殿下が心配ですの」

「だが、父の許しが出ない。俺が婚約を破棄すると言ったところで、覆されるだろう」

「陛下がいらっしゃらない時に大人数の前で宣言すればよいのではありませんか？　多数の証人がいれば、陛下だってなかったことにはできないでしょう」

「大きい声では言えませんけれど、未来では陛下よりも殿下の方がお立場が上になるのです。きっと問題はありませんわ」

「なるほど？」

聞けば聞くほど、それがいいと感じてきた。俺はリーゼと一生を共にしたくなどないし、むしろ顔を合わせたくない。アレが国王になった俺の隣に並んでいるのは俺の評判に関わる。俺の評判ということは、国の評判ということだ。阻止する必要があるに違いない。

「あの方は自分の立場を分かっていらっしゃらないのよ。どんな態度を取っても婚約者でいられると思っているのだわ」

そうか、リーゼは小さい頃から決められた婚約者だったから、婚約者でいられるのを当たり前だと思っているのか。何をしても許されると思っているに違いない。傲慢《ごうまん》すぎないか？

俺はその鼻をへし折ってやりたい気分になった。

そして迎えた卒業パーティーで、俺はリーゼに婚約破棄を言い渡した。

◆◇◆◇◆

リーゼに婚約破棄を告げた卒業パーティーから2日後。

久しぶりに執務室を訪れた俺を待っていたのは、大量の書類だった。

「ようやくいらっしゃいましたか」

机の上に積まれた書類を睨んでいると、呆れたような顔をした宰相が部屋に入ってきた。その手には書類があり、彼はそれを俺の前にドカッと置いた。

「なんの真似だ？」

「こちらは全て殿下の仕事でございます。本来であれば、不在の陛下に代わってここを守るのも、殿下の仕事でございます」

父は地方視察に行っており、まだ戻らない。

「俺がお前の娘との婚約を破棄したからといって、嫌がらせをする気か」

「滅相《めっそう》もございません。こちらは全て、私の娘が殿下に代わって行っていた『殿下の手伝い』でございます。娘は引き継ぎを申し出ましたが、却下されたのは殿下ですよね」

俺はこの宰相が嫌いだ。冷たい眼差《まなざ》し、ニコリともしない強張った顔。俺に愚か者でも見るかのような目を向け、苦言ばかり。そんなところはリーゼとそっくりだ。さすが親子。

やったところで褒めることもなければ俺に得もないというのに、正論をぶつけて仕事を押し付けてくる。本当にイラつく。

とはいえ、リーゼが「引き継ぎが必要では」と言ったのは確かだ。あくまで俺の仕事の手伝いをしていたに過ぎないのに、引き継ぎなどあるわけがない。

仕方なく書類に目を通すが、さっぱり意味が分からなかった。

「おい、これは俺の仕事じゃないだろう。理解できない」

「そんなはずはございません。確かに殿下のサインをいただいておりますから」

宰相が指差した先には、確かに俺のサインがあった。

まさか、これをリーゼはやっていたのか？

そんなはずはない。アレがやっていたのは、俺の手伝いのはずだ。

だが思い返してみれば、アレは困った顔をしながらサインを求めにしょっちゅう来ていた。

「ちゃんと目を通してください」と何度も言われたが、あまり気にかけたことはなかった。

「おい、リーゼを呼べ」

「娘は公爵領へ向かわせました。ここには来られません」

「俺が呼べと言ったのに従えないのか？　すぐに戻ってこさせろ」

「恐れながら、殿下。姿を見せるなとおっしゃったのは殿下でしょう？　万が一ばったりお会いしてしまうことを避けるために移動したのです。自分の言ったことには責任を持っていただきたい」

宰相は冷たい視線で引く気はないことを示し、書類を追加して出ていった。宰相め。父が戻ってきたら、親子共々不敬罪にしてやる。

書類を1枚手に取る。やはりさっぱり理解できない。しょうがない、できるものからやるしかないか。積まれた書類を目にしながら、俺はただ唸《うな》ることしかできなかった。

やってもやっても仕事は終わらない。むしろ宰相が来る度に追加するので増えている。

「いいかげんにしろ。今何時だと思っているんだ」

外は既に暗い。いつもならば夕食をとっているくらいの時間だ。

「殿下、少なくともこちらの書類は、明日の朝までに仕上げていただかねばなりません」

「俺に寝るなとでも？」

「リーゼはそれらの『手伝い』を毎日こなしておりました。帰宅はいつも深夜でしたが、もちろん知っていらっしゃいますよね」

「は？　冗談だろう」

「リーゼには常に護衛がついておりましたし、門や扉を通る時に出入り記録に記載もされます。冗談だと思うなら、どうぞご確認ください」

確認しろと言いながらここから出す気がないくせに、まったく馬鹿げたことを。

俺の護衛だと称して宰相の手の者が俺を常に見張っている。どうやったのか知らないが、俺の護衛や側近の姿は見えない。父がいないのをいいことにやりたい放題だ。

「もし冗談でないなら、リーゼの効率が悪かっただけだろう」

事実、俺は夜遅くまで仕事をすることなどなかったのだから。

「それならば、効率よく仕上げてください。期限は明日の朝までです」

言い捨てるように宰相が出ていき、代わりに侍女が夕食だと料理を運んできた。

宰相は一体何を考えている？　昼食もここに出され、夕食までここで食べろと？

俺は料理を並べる侍女を横目に見ながら部屋を出ようとしたが、護衛に止められた。

「殿下、どちらへ？」

「食事をしにいく」

「なりません。朝までに必要な書類が終わるまでは、執務室でお過ごしいただくようにと指示されております」

「どけ。俺の言うことが聞けないのか？」

「申し訳ございません」

謝罪の言葉を口にしているくせに、護衛がどくことはなかった。そして俺は残念ながら、鍛《きた》えている護衛3人を前に、力づくで突破することはできなかった。

「父上が戻られたら覚えていろ。お前たちの顔は忘れないからな」

俺は机に戻り、書類と向かい合うしかなかった。


それから3日。

俺がほとんど寝ずに書類と向かい合っていた頃、ようやく父と母が視察から戻ってきた。

よかった、これでここから出られる。

明日の朝まで、と言われた書類が朝までに終わることがなく、次の日には別の仕事も届く。結局執務室からほとんど出られなかったのだ。

父と母は俺に甘い。当然のことだ。父には多数の妾がいるが、王妃との子は俺だけ。嫡子である俺は、学園を卒業したら立太子されることが内定している。

そんな父と母が戻れば、忌々《いまいま》しい宰相など一声で遠ざけてくれるに違いない。

父と母に呼ばれてようやく執務室を出た。戻ってきたという挨拶と共に、きっと俺の立太子の日程の相談をするだろう。次の婚約者の話も出るかもしれない。何人か候補はいるのだ。その中で一番身分が高い者を正妃にして、残りを妾にすればいい。リーゼの時もそう考えて我慢してやっていたのに、それさえ許せなくなったのはあいつが悪い。

そうだ、何もかもリーゼのせいだ。

俺がこんなに仕事をやらなきゃいけないのも、婚約破棄をしなければならなかったのも、あいつに理解がないからだ。大人しく従っていればいいものを。ギリと奥歯を噛む。まずは宰相親子の不敬罪を願おう。そう決心して部屋の前で止まると、ゆっくり扉が開けられた。

これから父に叱られるだろう宰相を鼻で笑って、父と母のいる部屋に入る。まずは宰相親子、それから話し合うのは立太子の件だろうか。俺は浮いた気持ちで父と母の前で礼をとった。

「お前はなんということをしてくれたんだ！」

扉が閉まるなり、父の罵声《ばせい》が飛んできた。父は顔を赤くして俺を睨んでいる。

「あれほどリーゼとの婚姻は絶対だと言っていたのに、なぜ勝手に破棄した」

「それは、リーゼが未来の王妃には相応しくないと……」

「何が未来の王妃に相応しくない、だ！」

全く予想していなかった父の反応についていけない。

「リーゼが未来の王妃になるのは絶対だ。よって、彼女を妻としたものが未来の王になる」

彼女を妻としたものが王？　あの女がいなくたって、王になるのは俺だろう？

だって俺はこの国の第一王子で、唯一の嫡子だ。俺でなければ誰がなるというのだ。

「この婚約がなくなった時点で、お前が次期王になる道は絶たれた」

「……は？」

「それどころか、この国が揺らぎかねない状況なのを理解しているのか！」

父によると、この国の頂点にいるのは王であるが、実質この国を動かしているのは宰相とその一族らしい。彼らの力は大きく、それをまとめている宰相が王族についているからこそ、貴族が王族に従っている。王が代わっても問題はないが、宰相がいなくなれば国が終わるとまで言われるほどだという。彼はそれだけの影響力を持っている。そのため、彼の一人娘であるリーゼと俺の縁談が組まれた。俺が王として恙《つつが》なくこの国を治めるために。

「宰相に見限られたら、王族は窮地に立たされる。宰相は婚約を解消したがっていた。どれだけ苦労して繋《つな》ぎ止めていたと思っているんだ。何度もリーゼを大切にしろと言っただろう！」

宰相は争いを好まない。代替わりに亀裂の少ない嫡子が次期王となり、リーゼが次期王妃として支えることが穏便に国を運営できる方法だと思っていたからこそ、リーゼが俺の婚約者であることを許していた、と父は言った。

「それじゃあ……」

動悸《どうき》が激しくなる。息が上手く吸えなくて、言葉に詰まる。

「多くの者がお前の婚約破棄を見ている。もはや撤回はできぬ。しばらく離宮に蟄居《ちっきょ》せよ。少なくとも王族としてありたいのならば、そこで王族として仕事ができることを証明せよ。無理ならば王族としての地位を剥奪《はくだつ》する」

「そん、な……」

すがるように父の隣の母を見た。いつもだったら、俺が何を言っても聞き入れてくれる優しい母。でも今日ばかりは悲しそうに目を伏せているだけだ。

「連れていけ」

父の無慈悲な声で、俺は兵に離れへ押し込められた。

◆◇◆◇◆

離宮の部屋は俺の私室よりも狭く、居心地が悪い。

「殿下、お食事でございます」

「これだけか？」

運んできた女は小さく「はい」と答えて食べ物を置くと、急いで出ていった。普段食事と言えばいくつかの料理が出され、そこから食べるものを選べばよかった。今は選択肢さえない。

食事の質も落ち、外出も許されないというのに仕事だけは運ばれてくる。

王子である俺をこのような状況に置きながら、仕事だけはしろと？

ハッ、わけが分からない。

このような仕事をするのは側近の役目だろう？　俺がやるべきなのは指示を出すことと、内容を確認してサインすることだけだ。父もそうしているのではなかったか。

理解できない書類を前に、俺は父と母の様子を思い浮かべた。あの時は叱られたが、嫡子は俺だけなのだ。しばらくすれば父もここからまた呼び寄せ、今度こそ立太子に向けて動き出すだろう。どうしてもリーゼが必要だと言うならば、婚約を結び直してやってもいい。きっと今ごろ俺に婚約を破棄されて反省しているだろう。謝るならば許してやる。

この時はまだ、そう思っていた。


それからしばらく離宮で過ごしたある日、父がやってきた。

ようやく俺を戻す準備が整ったのか。そう思った。

外にも出られず常に監視が付き、分からない書類だけは毎日渡される。書類の他に難しそうな本を差し入れられたり、教師を名乗る人がやってきたりもした。当然「この環境で勉強などできると思うのか?」と追い返した。

そんな日々からようやく解放される。

父の側近の他に、母の側近だって動いたはずだ。それなのに、少し時間がかかりすぎじゃないか? そんな不満はあったが、まぁここを出られるのだから大目に見てやろうと思い直す。

「座りなさい」

父はテーブルの片側を示し、向かいに座った。父の後ろには護衛が立ち、俺の後ろにも監視をしていた者と父が連れてきた男が数人立った。

父はため息を一つ零《こぼ》すと、俺を見た。

「残念だが、お前が反省する様子が感じられない」

言われたことが分からなかった。ただ父が、肉付きのよさはそのままだが、憔悴《しょうすい》した顔をしているることに気が付いた。これはあまりよいことではないということだけは察せられた。

「宰相と話はした。なんとかお前を助けられないかと聞いた」

宰相は俺が反省して仕事や勉学に励むようであれば役職を与えたらどうか、と言ったらしい。人手不足なので、仕事ができるのならば歓迎しますよ、と。それでここで俺がどう過ごしているかを見ていたそうだ。俺の言動は全て父と宰相に報告されていたという。

「お前はここで何をしていた？」

「書類なら……」

「ほとんど空白のままサインだけをしたものか？　宰相がそれでよしとするわけがないだろう。それに宰相が寄こした教師も追い返しているではないか」

あれは俺を試していたのかと今気が付いた。それならば、まずいことをした。

「ちゃんと仕事と向き合い、反省するのならば機会を与えると宰相は言った。それをお前はことごとく潰《つぶ》した。今度ばかりは彼は許してくれない。どうしてこのようなことをしたのだ」

「父上、なぜ宰相ごときに気を使うのですか。宰相を追放すればいいでしょう？」

「宰相を追放？　そんなことをすれば私は王でいられなくなるよ」

父は大きくため息をつくと立ち上がった。部屋を出ていきながら、最後に俺を見た。憐《あわ》れむような、見限るような、そんな目だった。

俺は離宮から出され、塔に幽閉された。そこまで来て初めて、これは本気なのだと悟った。

父はなんと言っていたか思い出してみる。王族として仕事ができることを証明しろ、できなければ王族の地位を剥奪する、そう言っていた。

俺は今までにないほど焦っていた。王子という地位はまだあるのだろうか。父は剥奪したとは言っていなかったし、ここを訪れる者は俺を「殿下」と呼んでいるから大丈夫なはずだ。

このままここから出られない、なんてことは、まさかそんなことは。冷や汗が頬をつたう。

俺はがむしゃらに仕事をした。しかし、書類は分からないことだらけだった。それでも必死にやったが、そのうちにだんだんと運ばれてくる書類の数も減った。

ある時、書類を運んできた男に、仕事を増やしてやってもいいと話した。仕事ができることを証明しなければ地位を剥奪されてしまうのに、そもそも仕事が来なければ何もできない。

男は鼻で笑うような仕草を見せた。

「殿下の書類は間違いだらけなのですよ。直すのに二度手間なので、これ以上は無理ですね」

何を言っているんだと言わんばかりの、俺を馬鹿にするような態度が鼻についた。

「なんだと！」

カッとなった。気が付いた時には男を殴《なぐ》り飛ばしていた。

◆◇◆◇◆

幽閉中に騒ぎを起こしたとして、俺は王族の身分を剥奪され、鉱山に送られることになった。この時になっても、俺はまだ自分の状況を理解できなかった。

王都を出て荷馬車のような乗り物に揺られること数日。扉が開いて「降りろ」と命じられた。誰に向かって言っているんだと思っているのだ。不満でいっぱいだが、この硬い座席からようやく逃れられることにはホッとした。

ここはどこなのだろう。見えるのは山、山、山。その合間に集落のように小屋が並んでいる。俺は目の前の小屋に入るように促された。俺が立ち尽くしていると、兵が後ろから押してくる。

「早く行け」

「触るな。俺を誰だと思っている」

「そんなの知らん。俺たちの仕事は罪人を送り届けることで、相手の素性は知らされていないからな」

「俺は王子だ！」

「へぇ、そうかい。それなら王子様、さっさと入って着替えてくだされ？」

わざとらしくそう言うと、３人の兵はケタケタ笑った。信じられていないようだ。あとで覚えてろと思いながら小屋に入ると、服を剥ぎ取られた。代わりにボロい布を渡される。

「こっちに着替えるんだとよ」

抵抗したら、それなら裸でいればいいと言われた。さすがにそういうわけにはいかない。俺が仕方なくその服のようなものを身に着けると、がたいのいい男が入ってきた。煤《すす》や土のようなものが至るところについていて汚らしい。男は俺を一瞥《いちべつ》すると踵を返した。

「ついてこい」

俺は命じる立場であって命じられることはない。ついてこいと言われて行く理由がないと思い留まろうとすると、兵に「ほら行け」と後ろから押された。前につんのめりそうになり、振り向いて睨むも兵はどこ吹く風だ。がたいのいい男と兵が3人。さすがに逆らっても勝てない。

男のあとについて歩き、俺の後ろには3人の兵がついてきた。男はいくつかの粗末な小屋が連なったような建物の前で止まり、一つの戸を開けた。

「ここがお前の住まいだ」

「へぇ、部屋一つ与えられるなんて好待遇だな。本当に王子様だったりして」

兵の一人が笑った。どこが好待遇なのだ。まるで家畜小屋じゃないか。ふざけやがって。

「入れ」

顎《あご》でクイッと中を示された。男を睨みながら中に入ると、兵3人もついてきた。

「必要なものは置いてある。食事もな。これで大丈夫か？」

兵の一人がぐるっと見回し、「大丈夫だ」と答えた。何が大丈夫なのだ。

「明日の朝迎えに来る」

「ちょっと待て！　これが俺の部屋だと？　ふざけるな！」

「ふざけてなどいない。不満ならば出ていくといい。お前に今できることは、ここで休むか出ていって獣に喰われるか、どちらかだけだ。好きにしろ」

そう言い捨てると、男は出ていってしまった。

外に出るともう薄暗く、見回す限り山ばかり。城はもちろん王都のような建物がないどころか、灯りすら見えない。どこからか獣が鳴いたような音が聞こえてゾッとした。

俺はチッと舌打ちして小屋に入り、その場に座り込んだ。兵3人は今日はここで休んで明日戻るのだという。俺も連れて戻れと言ったが、聞き入れられることはなかった。

「王子様ぁ、食べないの？　俺たちだけで食べちゃいますよ？」

兵が俺を笑っているのは気に食わないが、しばらく食事をとっていなかった俺はとてもお腹が空いていた。仕方なく口にした食事とは思えない飯は、やはり不味かった。

移動で疲れていたのだろう。硬い台に薄い布を敷いただけの寝床にもかかわらず、俺はぐっすりと寝たらしい。気付けば朝になっていた。

「起きたか」

昨日の男が食事を持ってきた。兵たちはそれを食べると、俺を置いて戻っていった。

「食べたなら行くぞ」

「どこへだ？」

「鉱山に決まっているだろう。お前は今日から鉱山で働く。ここでは働かなければ食事はない。分かったか？」

こいつは何を言っているのだろう。食事は時間になれば出てくる。そういうものだ。

「行かないのか。それなら死ぬまでだな」

男はため息をついて出ていった。まったくなんだというのだ。

それからしばらく部屋の中で過ごし、昼になったと思ったが、昼食は出てこなかった。部屋から出てふらふらと歩いてみた。時折女や子供が見えたが、俺の姿を見ると慌てて小屋の中に入ってしまう。薄暗くなっても食事は出てこなかった。もしかして本気なのだろうか。食べさせないつもりか？

今までこんなことはなかった。城では食事ができれば呼ばれたし、離宮でも塔でも、質は悪くとも時間になれば出てきた。それが当然だと思っていた。食事が出ない時はどうしたらいいかなど、考えたこともなかった。

結局その日は食事が出されることはなく、口にできたのは部屋にあった僅かな水だけだった。

翌朝、男が食事を持ってきた。

「おい、どういうことだ」

「どういうことだとはどういうことだ。言っただろう。働かない奴には食事はない。ここはそういうところだ。朝食は持ってきたが、働くならば分けてやる。そうでないなら勝手にしろ」

きゅる、とお腹が鳴った。昨日の朝から何も食べていない。俺は食事とも言えないような飯を受け取って食べ、仕方なく男についていった。

鉱山ではボロボロの服を着た汚らしい鉱夫たちが並んでいた。

「今日から一緒に働く新入りだ」

男は親方と呼ばれていた。彼の一声で、仕事が始まった。暗い中でわずかな灯りを頼りにひたすら岩を砕いていく作業はつらく、すぐに手が痺れてきた。

手にしていた工具を岩に叩きつける。

「ふざけんな、俺は王子だぞ。なぜこんなことをしなければならない！」

そう叫んだ瞬間だった。みぞおちに痛みが走ったと思うと、俺は地面に転がっていた。一緒に岩を砕いていた男の一人が俺を殴ったのだとあとから気が付いた。

「あ？　王子だと？」

「何をする。俺に手を上げるなど、どうなるか分かっているのか！」

「分かってないのはてめぇの方だ」

それから数人に蹴《け》られて、殴られた。


目を開けると親方がいた。ずいぶんと粗末な小屋のようだ。馬小屋にでも入れられたのかと思ったが、机や寝台らしきものが一応あるので住居なのだろう。俺の部屋だと言われたところよりはマシなのかもしれない。

「起きたか。お前は馬鹿か？　まぁ、馬鹿じゃなかったらここには来ないよなぁ、王子様？」

ケタケタと笑う。なんだと、と起き上がろうとしたが、激痛が走って動けなかった。

「やめておけ。いろんなところが折れていたり、傷ついてる。動くと本当に死ぬぞ。まぁ俺はそれでも構わん。死にたいなら勝手にしろ」

彼はそう言いながらもスープを飲ませてくれた。味が薄くて、美味しいとは言い難いものだ。それでも生ぬるいそれが身体にしみ込んだ。

「舌の肥えた王子様には美味しくないだろうなぁ」

「お前は俺が……」

「あぁ、お前が本物の王子だったってことを知っているのは、ここでは俺だけだ。言っておくが、お前が元王子だろうと俺は特別扱いする気はない。そもそもお前はもはや王子じゃない」

王子じゃないと言われてまた起き上がりかけたが、やはり激痛が走って動けなかった。

んぐっ、と呻《うめ》く俺を、奴は面白そうに笑った。

「一つだけ教えてやる。死にたくないなら、もう王子だなんて言うんじゃねぇ。ここの連中が王族をどう思っているか知ってるか？」

首を横に軽く振ると、首まで痛くて呻いた。

「教えてやろう。目の前に現れたら最も残酷な方法で苦しめて殺してやりたいクソ野郎だ」

「は？」

「ここの奴らは皆毎日汗だくになって働いている。それで得たお金の多くが税金として持っていかれる。いくら働いてもこっちの生活は全然よくならないっていうのに、お貴族様や王族様方はそのお金で優雅にパーティーだ」

奴は忌々しさを前面に出して言い、ハッと鼻で笑った。

最近は税率が上がり、ほとんどが困窮しているという。王族に対する恨みは増すばかり。

「そんな中でお前が『俺は王子だ』と言い始めたらどうなるかくらい分かるだろう？　いや、

既に体験しただろ。だから、王子だなんて言うのはやめておけ。無残な殺され方をしたくなければ、ここでは黙って働くことだ」

体が治るまでの間、親方は介抱《かいほう》してくれた。ごはんは美味しくないし、量も足りない。最初はふざけんなと思っていたが、なにせ身体が動かない。

殴ってやりたくてもこいつの方が強そうだ。護衛にやらせれば……もういないのか。俺が何を命じても、誰も動かないのか。こいつはただ笑うだけなのか。

◆◇◆◇◆

体がよくなり、俺は鉱山に復帰することになった。

「一度だけチャンスをやる。それで生きられるかはお前次第だ」

朝、先日のように鉱山の前に並ぶと、親方が皆に説明してくれた。

「こいつ、ここに来るまでに腹が減りすぎて、変なきのこを食べたらしいんだ。その影響が残ってててたまに幻覚を見るらしくて、その中で自分は王子なんだと」

「なんだそりゃあ」

「そりゃお偉いさんに生まれたかったよなぁ？」

「無理なこった」

ガハハと笑い声が起こる。

「だからまた、自分は王子だ、とか言い出すかもしれないが、許してやってくれ。こいつも複雑な身の上だ。仕事に慣れるまでは使い物にならないかもしれんが、面倒見てやってほしい」

俺は殺されないために、言われた通りに黙って働くことにした。そうしたら、鉱夫たちは意外と親切にいろいろと教えてくれた。

「この前は殴っちまって悪かったな。王子だなんて言い出すから、そんな事情があるなんて知らなかったしよ」

「もう治ったか？　しっかり治るまではできることだけでいいからな」

そう言って、少しずつ仕事を教えてくれた。


1日が過ぎ、3日が経った。

最初は体力が持たず、立っているだけでもやっとだった。4日目には倒れた。

「軟弱な奴だな」

鉱夫たちは笑った。だけど危害は加えてこなかった。

「そこにいられると邪魔だ」

俺は砕いた岩と一緒に運び出され、鉱山の入口に寝かされた。布団などあるはずもなく、転がされたと言う方が正しい。頭がずきずきと痛む。少し休んだころに親方がやってきた。

「立てるか？　立てるなら帰るぞ」

俺を運んでくれる人などいない。馬車は来ない。

俺はよろよろと立ち上がると、親方に支えられて粗末な部屋に戻った。

「お前、明日皆に謝れよ」

「謝る？」

「皆に迷惑をかけたのは分かっているか？」

「でも倒れたのは俺のせいじゃない」

「お前のせいじゃなくても倒れたのはお前だ。それを皆が運んだ。お前は皆に、本来しなくていい、お前を運ぶという仕事を増やした」

俺は混乱していた。今までだったら、もし俺が倒れるようなことがあればすぐさま運ばれたし、医者が呼ばれて診察された。俺が倒れるようなことをした周りが叱られた。それが当たり前だった。でもここでは今までの当たり前は当たり前じゃない。それに気が付き始めていた。

「俺たちは倒れたお前を放っておくことだってできた。そうなっていたら困ったのはお前だ」

確かにそうだった。今もあの鉱山の中にいたかもしれない。それよりは粗末な部屋でもここの方がマシだ。

「皆はそうせずにお前を運んでやった。そういう時は感謝をするもんだ」

「感謝？」

「……お前、そういうのを学ぶことなく育ったんだな。マジか。ガキでも言えるぞ」

親方は俺に憐れむような目を向けた。

「いいか、間違ったことをしたり周りに迷惑をかけた時は『すみません』、何かしてもらったら『ありがとう』、そう言うんだ。お前の今までなど知らん。ここではそうするものだ」

その言葉を知らないわけではないけれど、俺が使うことはほとんどなかった。俺は言われる側なのであって、言うのは立場の低い者たちのはずなのだ。悪いのは俺を倒れるまで働かせた奴だろう？　なんで俺が言わなきゃいけないんだ。

「お前が明日言うべき言葉は『昨日はすみませんでした』だ。それだけでいい。むしろそれ以外言うな。いいな？」

親方はもう一度「昨日はすみませんでした、だぞ」と言って出ていった。

翌日の朝、俺は重い身体を引きずって鉱山へ行った。親方と目が合った。「言え」という睨みを利かせてくる。言わないぞ。俺は悪くない。言わないぞ。クソッ！

「昨日は、すみません、でした……」

俺が目を逸《そ》らしながら言うと、皆は一瞬静かになった。それからガハハと笑い声が響いた。

「いいってことよ。困った時はお互い様だ」

「今日は大丈夫か？」

「慣れるまでは身体がつらいだろ。倒れそうになる前に少しなら休んでいいから」

体は重かったが、なんだか気持ちがほわほわした。今までにない感覚だった。


10日が過ぎ、ひと月が経った。

仕事はきつかったが、身体は最初の頃に比べれば少し慣れたような気がする。倒れることはなくなったし、少しだけ身体つきもよくなった。

この村では山で働ける男は鉱山へ、女や鉱山へ行けない者が煮炊き洗濯などを担当している。食事は各家庭ごとではなく、皆でまとまってとる。これに俺はとても助けられた。食事は出てくるのが当然と思っていた俺である。もちろん料理などできるはずがない。そもそも食料の手に入れ方も知らない。このシステムがなかったら、とっくに餓死していたことだろう。

「はいよ」

おばさんが皿に盛り付けてくれる。幸いなことに、質はともかく量はそこそこちゃんとあった。毎日満腹とはいかないが、空腹に苦しんだのは仕事をしなかったあの最初の日だけだ。

親方によれば、親方より上の世代の時には食料がろくにない時代があったらしい。鉱山仕事は重労働だ。食べずに働けば当然皆倒れ、労働力が削がれたうえに暴動が起きる、という事態になったことがあったそうで、お偉いさんが飢えないようにだけは気を配っているのだという。

「あ、ありがとぅ……」

器を受け取りながら小さくおばさんに言うと、おばさんは目を丸くした。

その翌日、同じおばさんが「おまけだよ」とこっそり量を増やしてくれた。この日も「ありがとう」と言った。おばさんはニコッと笑った。歯が何本か欠けていた。貴族の女性ではありえない笑い方だけど、嫌な気分にはならなかった。

1年が過ぎ、また1年経った。

鉱夫たちの仕事はきつかった。それなのに、いくら頑張っても生活は全然楽にならなかった。食べられるだけマシだと周りは言うが、生きていくために必要なのは食料だけではない。昨年は体調を崩していた人が冬を越えられなかった。温かい服や布団があれば、彼女は助かったかもしれない。夏には小さな子がお腹を壊して死んだ。この村に医者はいない。医者にかかるには隣町までの相当な距離を歩かねばならず、費用もかかる。薬も買えない。

「またかよ？　それじゃあ薪《まき》だって買えないじゃねぇか」

鉱夫仲間の一人が親方に向かって怒鳴った。

「落ち着け。親方に言ったたってしょうがねぇだろ」

「分かってるけどよ、もう、どうしろってんだ！　取れるだけ以上にむしり取られて、その金でお偉いさんが俺たちに何かしてくれたことがあったか？」

鉱夫が手に入れられる賃金は驚くほど低い。それさえも年々減らされているという。

擦《す》り切れた服に穴の空いた靴。娯楽などほとんどないこの村で皆の楽しみである安い酒さえも、贅沢品《ぜいたく》になりつつあった。

「俺らが働いた金は、お貴族様のドレスや宝石代になるんだぞ？」

「なんだかんだ言っても結局は、毎日のパーティー代が足りないから税を上げるんだろ？　やってらんねぇよ」

ここに暮らす人の多くは王都まで出たことはない。せいぜい近隣の町まで程度だ。だから実際王都がどのような文化なのか知らないだろう。それでも貴族や王族の悪い噂というのは流れてくるものだ。そして厄介なのは、それがわりと真実であること。

王族ふざけんな、と思う気持ちもだんだんと分かるようになった。ここでは不満は最終的に王族に向かう。皆はあることもないことも王族のせいにして愚痴《ぐち》を言い合う。悲しいのは、実際の状況を知っている俺からすると、むしろ現実の方がひどい場合が多々あることだ。

毎日汗だくになって働くうちに、自分が王子だったなんて信じられない容貌《ようぼう》になった。たぶん今の俺を見て「俺は王子だ」と言ったところで、誰一人信じないだろう。白くて滑らかだった肌はごつごつとして煤と埃だらけになった。毎日あれだけ鉱石を削っていれば自然と筋肉がつき、体格はよくなった。いつか俺が「汚らしい」と思っていた姿そのものだったが、不思議とあの頃に戻りたいとは思わなかった。

あぁ、俺は何も分かっていなかったんだな。

誰からも傅《かしず》かれて、殿下と呼ばれてもてはやされて、いい服を着ていい物を食べて、それが当然だと思って生きてきた。自分が言ったことは全て通るものだった。

その陰にこれだけの人たちが汗水垂らしていたなんて、想像したこともなかった。

5年が過ぎ、10年が経った。

その間に王が討ち取られたという知らせが入った。首謀者は宰相だった。村ではお祭り騒ぎになった。誰もが諸手《もろて》を挙げて喜んでいる。その気持ちが理解できるようになっていたから、非常に複雑な気持ちで同じように喜んでいるように装った。

お祭り騒ぎは夜も続いた。俺は親方に匿《かくま》われて、密かに泣いた。

父も母も、もういない。

◆◇◆◇◆

ある晩、俺は親方と2人でわずかなつまみを囲み、安い酒をちびちびと飲んでいた。

「お前がここに来てから何年だ？」

「何年でしょう。10年は経ったと思いますけど、もう分からなくなってしまいました」

俺が苦笑すると、親方も笑った。

「俺はなぁ、お前がここまで生きてるとは正直思わなかったよ。ここに来た時のお前を見た時は、あぁこいつはすぐに死ぬな、そう思ったんだ」

「もう忘れてくださいよ」

鉱夫たちを汚らしいと思ったり、俺は王子だと偉ぶったり。今となっては恥ずかしい思い出である。すぐさま消し去っていただきたい。

「お前の前にも貴族出身の奴が何人かここに来たんだ。いろんな奴がいたけど、皆死んだ」

親方は遠い目をして酒を口に入れた。

俺が来てからは誰も送られてきていないが、それ以前は何か罪を得た貴族の処刑以外の罰として、ここが選ばれることが度々あったという。

「ここの仕事についていけず体調を崩した奴もいたし、精神を病んだ奴もいた。貴族の矜持《きょうじ》だとか言って自ら死を選んだ奴もいたな。貴族の矜持ってのは命を懸けるほどのもんなのか？」

「さぁ、どうでしょう。今の俺はそう思いませんけどね」

「そうだよな。あぁそういえば逃げ出した奴もいたな。そいつはどうなったのか知らないや」

ここは山や森に囲まれている。備えもなく身一つで飛び出せばどうなるか、想像はつく。

「親方がいなかったら、確実に俺は死んでましたよ。だから感謝してます」

ニッと笑って俺は親方のカップに酒を注いだ。

「どうだか。さっさとくたばった方が楽だったかも知れんぞ」

「そうかもしれませんけど、でも俺はあの頃の自分のまま死ななくてよかったと思いますよ」

「そうか？」

「そうです。でも親方、なんで親方は俺によくしてくれるんです？」

放っておく方が楽だったはずだ。俺が死んだところで誰も困らないし、むしろ厄介払いできたと思う。でも親方は俺を見捨てなかった。仕事も生活も、それから人として当たり前のはずなのにできていなかったことも、みんな教えてくれた。

「んー、俺も俺の親方によくしてもらったんだ。だから、かな」

「親方の親方？」

「お前が来る前に死んだよ。もう高齢で身体の具合も万全じゃなかったんだ。そんな状態でも俺たちは休めねぇ。無理に鉱山に入って倒れっちまった」

その人は親方が親方になる前にここを取り仕切っていた人で、皆から尊敬され、一目置かれている人物だったという。

「実は俺も出身は貴族なんだ」

「えっ、そうなんですか？」

「信じられねぇだろ？」

貴族らしくねぇよな、と親方は笑った。今の俺が王子の容貌でないように、ここに来た時に既に親方は親方の姿だった。だから疑ったことはなかった。

「貴族と言ってもお前みたいな身分じゃない。貧乏な子爵家だった。学園でも蔑まれるような地位だった」

「学園に通っていたんですね」

「1年だけな。2学年の初めに父が悪事に手を染めて家は取り潰し。父と共にここに来た」

貧乏だった子爵家を立て直すために、囁《ささや》かれた甘い誘惑に親方の父が乗ってしまったのだという。時と場合にもよるが、当主の罪は家族全員が負うものという考えが主流だ。彼の母と妹は別のところに送られたけれど、場所は分からないそうだ。

「俺は爵位を継ぎたいとは思っていなかったし、学園でも居場所がなかったから思ったよりは冷静でいられた。だが父は違って、ここに来てすぐに病んでしまった」

ここでは病んだ者は生きていけない。どうなったのかは聞かなくても分かる。

「俺は体はなんとか大丈夫だったが、いきなりやってきた元貴族に鉱夫たちがどうするかはよく分かってるだろ？」

親方は俺を見てニヤリと笑う。俺は特に「王子だ」なんて言ったから、ボコボコにされた。

「俺の親方は鉱山生まれの生粋《きっすい》の鉱山人でな。何も知らないひょろりとしたお坊ちゃんだった俺に、仕事のやり方からここでの過ごし方まで全部教えてくれた。他の鉱夫たちが俺を貴族だと睨む中で、俺を守ってくれたんだ」

「そうだったんですか」

「お前を助けようと思ったわけじゃない。だけど、俺の親方だったら面倒を見るだろうなと、そう思っただけだよ」

親方はつまみに手を伸ばした。わずかな灯りは、より親方の手を黒く見せた。爪も黒ずんでいる。鉱夫の手だ。

「あとはな、俺にも貴族だった矜持ってのが当時は少しはあった。仕事もできないくせに無意識に皆を下に見てた。今思えば生意気なガキだったと思うよ」

お前ほどじゃないがな、と言って親方はまたニヤリと俺を見た。

「お前が偉ぶってるのが昔の自分を見てるみたいで、放っておけなかったんだろうなぁ」

「親方にもそんな時があったんですか」

親方は少し目を逸らして酒に口をつけた。実際俺ほどひどいはずはないと思う。だけどちょっぴり親近感が湧いて、俺はフッと笑って親方のカップに勝手に乾杯した。飲みながら互いのカップを軽く合わせるのは、ここではよくやることだ。仲間だと認めた証拠でもある。

「お前、本当にいいとこの坊ちゃんだなぁ。王子様だもんな。当然だよな」

「なんの話ですか？」

「その口調だよ。仕事中は周りに合わせてても、俺と2人だとずいぶん綺麗な言葉遣いじゃねぇか。それから酒を飲む所作だな。ここに来て長いってのに、品ってやつが出てんだよ」

気が付いていなかった。確かに仕事中は周りに合わせるようにしていた。鉱夫たちは言葉が荒い。なるべく同じような口調をするように最初は気を使い、今はそれがもう馴染《なじ》んでいる。危ない時は普通に怒鳴りもする。王子だった頃には考えられないことだ。

「気を付けます」

「気を付けなくていいよ。お前がいいとこの坊ちゃんだったことくらい、皆知ってる」

「……え？」

「さすがに本当に王子様だったとまでは思ってないとは思うが、平民か貴族かくらいは見れば分かるもんだ」

親方は理由を挙げた。ここに初めて来た時、肌が白くて傷一つなかったこと。言葉遣い、所作。それだけで十分に分かるそうだ。俺が皆からボコボコにされて復帰したあと、皆は知りながら受け入れてくれていたのだということを今知った。

「親方が取りなしてくれていたんですね」

「俺は一度だけチャンスをやってくれと言っただけだ。もしお前がそこでまた『俺は王子だぞ』とか言い出したりちゃんと働かなかったら、すぐに見限られていたさ」

どうやら相当危ないところだったらしい。俺は力で鉱夫に敵わなかったし、仲間外れにされれば文字通り生きていけなかった。

「でもどうして俺を受け入れてくれたんでしょうか。皆にとって貴族は憎い存在でしょう？」

「そりゃ簡単なことだ。お前は貴族だった自分を捨てて、鉱夫になることを選んだから」

捨てたつもりも選んだつもりもなかった。ただ生きるために必死だったというだけだ。

「ここに送られてきた元貴族ってのは、皆ここの境遇を嘆くもんだ。もうお終いだとか未来がないだとか言ったり、まるで地獄に来たかのような嘆きっぷりでさ」

こちらの村側から見れば、勝手に送りこまれた貴族が勝手に絶望して死んでいく。村側の気持ちが分かる今となっては、それは迷惑以外の何ものでもないと想像できる。

「ここの奴らはここで生まれ育って仕事して毎日生きている。その境遇をありえないと嘆いて否定されて、面白いはずがないだろ。こっちは必死に生きてるってのに。でもお前は違った」

「違いましたか？　俺は王子だって叫びましたよ？」

自嘲気味に笑う。それを聞いた皆がどんな気持ちだったのか、今ならよく分かる。

「それで戻ってからだよ。お前は必死に周りに馴染もうとした。ここでの仕事や生活を受け入れて、ここに溶け込もうとしていた」

他の元貴族たちは絶望して病むか、いつかは戻れる、この境遇から抜け出せるという希望を持つか、どちらかが多かったという。どちらにしても自分はここの者ではないのだという意識が強かったようだ。

口に出したわけではなくても、そういった気持ちは周りに伝わるのだと親方は言う。

「お前は身分を越えて自分からここの一員になろうとした。よそ者じゃなくて、ちゃんとここで生きていこうとしたんだ。それが分かったから、皆も受け入れた。お前の努力の賜物《たまもの》だ」

「買いかぶりですよ。俺はまだ死にたくなくて必死だっただけです。仲間に入れてもらうか死ぬか、どちらかしかなかったから前者を選んだだけですよ」

「そうだとしても、だ。いいとこのお坊ちゃんに簡単にできることじゃないさ。お前は頑張ったよ」

思わず目の奥がツンとして、慌てて酒を流し込んだ。

親方は俺を認めてくれた。ここの仲間たちもだ。

少しだけ、昔を思い出した。

『素晴らしいです、殿下』

『殿下、頑張りましたね』

『さすが殿下です』

俺はいつだって褒められていた。だけどそれは上辺《うわべ》だけで、王子という立場に気を使っていただけだ。それなのに俺は、自分はすごいのだと思い込んでいた。何もできなかったのに。

本当に認めてもらえることは、こんなにも心に沁《し》みる。

「なぁクラウス。俺たちは希望を持っちゃいけない。ここに送られてきて貴族社会に戻っていった奴は一人もいない。俺はここで死ぬし、お前もここで死ぬ」

「分かっていますよ。いきなりどうしたんですか。俺、逃げ出したりしませんよ？」

俺は笑ってつまみに手を伸ばした。

戻れるなんて、これっぽっちも思っていない。ここの生活はつらい。逃げ出したくなることがないとは言わない。だけどここを知ってしまったらあの絢爛《けんらん》豪華な王宮には違和感しか感じないし、目の前に昔の俺みたいな貴族が現れたら殴ってしまいそうだ。

「だけどなぁ。もしお前が貴族に返り咲く奇跡があったら、ここの皆を忘れないでくれよ」

「そんなこと、あるわけないじゃないですか」

「分からねぇだろ。戻れなくても、お偉いさんと話す機会くらいならあるかもしんねぇ」

どうやら親方は少し酔ってきているらしい。希望を持っちゃいけない、と自分で言ったばかりなのを忘れたのだろうか。

「ここの奴らは皆、頑張ってんだ。俺は皆に笑っててほしいんだ。だから頼むよ」

「親方が貴族社会に戻るかもしれないじゃないですか。その時はこちらこそ頼みますよ」

話を合わせて笑うと、親方は座った目で俺を見てきた。やっぱり酔いが回っているようだ。

「あのなぁ、俺はもう戻る家がねぇんだよ。潰れてるの。親族もいないの。だから絶対ない」

「それなら俺もですよ」

数年前、王家も滅びたのだ。父と母はもういない。親族と呼べる人たちがどうなったのかは知らないが、想像はつく。追放された俺だけが生き残っているとは、なんとも皮肉なものだ。

俺が「同じですね」と親方に言うと、彼は急に酔いが覚めた顔で俺を見て焦った。

「いや、すまねぇ、そうだった。だって王家がなくなるなんて、なぁ。そうだよな、お前の家だったんだよな、いや、すまねぇ」

本当にすっぽり抜けていたらしい。俺はなぜか焦っている親方が面白くて笑った。父と母がいない寂しさを感じることはなかった。

親方が死んだのは、それから3年ほど経った雨の日だった。事故だった。鉱山は常に危険と隣り合わせだ。俺が鉱山に来てから、もう何人も死んでいる。親が死んだと聞かされた時よりも、俺は泣いた。号泣した。涙が止まらなかった。鉱夫の仲間たちも皆泣いていた。それだけ慕《した》われた人だった。

「すまねぇ、親方。もっと立派な墓にしたいんだが、俺たちにはこれが精一杯だ」

仲間の一人が親方を埋めた墓の前でそう言った。

俺たちは墓に摘んできた花を供え、安い酒とつまみを置いた。

「親方、天国に行ってまでこの酒かよ、って言ってるかね？」

「バカ、親方は酒なら文句言わねぇよ」

「でも、いい酒飲ませたかったなぁ。いつかはって思ってたんだけどなぁ」

「おいおい、お前ら、親方の思い出は酒しかないのか？」

泣きながら墓の前で皆で乾杯し合い、一杯飲んだ。

親方がガハハと笑った気がした。

気が付けば、鉱山に送られてから20年が経とうとしていた。

長い間不在だった王の座に宰相がついたと風の噂で聞いたのは、いつのことだっただろう。ここには情報がなかなか入ってこない。入ってきたものが事実か噂なのかも微妙なところだ。宰相が王の座についたことに驚きはなかった。そもそも宰相が父を討ったのだ。すぐに即位しなかったことの方が不思議に思えた。

最近になって税率が軽減され、ほんの少しずつ村の暮らしはよくなっていった。外から物資も入りやすくなったし、こちらからも売りやすくなった。仕事自体は変わらないし、苦しいことには違いない。だけど何より村人の顔が明るくなった。少しでも未来に希望が見えるようになってきたからだ。

◆◇◆◇◆

リーゼはどうしているだろうか。

ふとかつての婚約者を思い出す。思い返してみれば、彼女は常によい成績を保ち、いつも努力していた。俺が厄介に思っていた苦言が至極まっとうなものだったと気が付いたのは、いつのことだろう。

見た目が好みじゃないとか、俺を褒めないとか、そんな自分勝手な理由で婚約破棄をしたのは俺だ。俺が遊んでいる間に俺の仕事をこなし、学園に通いながら妃教育を受けていたら、着飾る時間などなかったはずだと今なら分かる。褒められないことを不満に思っていながら彼女を褒めたことは一度もなかった。婚約破棄を突きつけて清々した気分でいたが、本当に清々していたのは彼女の方だったのだろう。

彼女がどうしているか気になりはしたが、今となってはもはや情報も手に入れられない。申し訳なかったと思う。

ただ、幸せであってくれたらいいと、自分勝手にもそんなことを思う。

村の中で婚礼があった。村人同士の結婚だ。ささやかながら祝いの宴会が開かれた。皆が笑顔で祝っていたし、新郎新婦は幸せそうに笑っていた。

リーゼの笑った顔を、俺は見たことがあっただろうか。いつも困った顔をしていた。もしあの時、仕事を手伝ってくれたリーゼに「ありがとう」と言ったら、彼女は笑っただろうか。もし疲れた彼女を気遣うことができていたら、贈り物をしたら、何か変わっていただろうか。

泣いた顔ならば、一度だけ見たことがある。彼女の使用人が俺に文句をつけてきたので、護衛に大人しくさせろと命じた。その傷がもとで、彼は死んだのだという。それ以来リーゼは苦言をあまり言わなくなった。静かになったと当時の俺は喜んだ。今思えばひどい話だ。

リーゼが笑ったら、どんな顔だったんだろう。

ブサイクだなんて言ったことが悔やまれる。そんな顔をさせていたのは俺だったのだ。きっと笑っていたら可愛らしかったはずだ。彼女は素敵な人だった。

悔やまれると言えば全てがそうだ。どうして俺は彼女にあんなにひどいことばかりできたのだろう。

目の前で幸せそうに笑う新郎と新婦に、俺とリーゼを重ねた。もし俺がリーゼのことを大切にすることができていたなら、こうやって笑い合う日は来ていたのだろうか。

考えても仕方のないことだ。

今の俺にできることは、ただ無責任に彼女の幸せを祈ることだけだ。

村人たちから「あんたも結婚すれば?」と勧められたけれど、そんな気にはなれなかった。結局この歳まで独り身だ。これから結婚することもない。

それから数カ月後、俺は鉱山の落石事故に巻き込まれたらしい。最期に頭に浮かんだのは、数々の後悔。それから城での華やかな生活ではなく、村人たちと安い酒を飲み交わして笑ったことだった。

2章　二度目の人生

俺には不思議な記憶がある。鉱夫として人生を終えたある男の記憶だ。最初は夢だと思っていたが、たぶん前世、自分が歩んだ記憶なんだと思う。そう思えるようになったのは、大人になって記憶がはっきりし始めた頃からだ。

はっきりと言っても違う人生の記憶があるなというのがはっきりしたのであって、記憶自体はぼんやりとしていて靄《かすみ》がかかっているようだし、全部は思い出せない。なぜか若い頃の記憶はほとんどなく、鉱夫となっていろんな後悔をしていることはよく覚えている。

もしかしたら前世の俺は、生まれは貴族だったのかもしれない。時折どこか華やかな様子が浮かぶのだ。おそらく何かをやらかして、鉱山に行くことになったんじゃないか、と予想している。その何かは分からないけれど、それが原因でずっと後悔しているようだった。

記憶がどうであれ、今の俺にはあまり関係がない。ただその後悔は、とにかく真面目に努力するべきだと、そう俺に言っているようだった。

俺はとある街の教会の孤児だった。物心ついた時には孤児院にいたので、父母は知らない。幸いなことにその教会の神父さんはとても素晴らしい方で、シスターたちも優しかった。毎日のお祈り、できる範囲の仕事はあったし、物資や食事が必ずしも満足できるだけあったわけじゃないけれど、孤児たちは助け合いながら教会内ではのびのびと過ごすことができていた。

「うわぁ、すごい本！」

俺が5歳くらいの頃だろうか。シスターに用事を頼まれて、俺は初めて神父さんの部屋に入った。そこには本棚があって、何冊もの本が並べられていた。神父さんは俺の視線が本棚に固定されていることに気が付いたのだろう、シスターから頼まれていた書類を俺の手の中から抜き取り、柔らかく目を細めた。

「見てみるか？」

「いいの？」

神父さんは頷いて、本を1冊俺の手にのせてくれた。ずしっと重たかった。

許可を得てそっと開いてみると、文字がずらっと並んでいた。少しだけ教えてもらったのでいくつか知っている文字があったけれど、当然ながら全く読むことはできない。

「文字が読めるようになれば、自分でお話が読めるぞ」

「え？　この本も？」

俺は神父さんやシスターが時折本を読み聞かせてくれるのが大好きだった。絵が大きく描かれた本だ。だけどその本は薄いから、もっと聞いていたいのにすぐに終わってしまう。それに何冊もあるわけじゃないから、同じお話をもう何度も聞いている。

手の中にある本に目を落とす。この中に自分の知らないお話が詰まっていると思ったら、なんだかわくわくしてきた。

「クルトはお話が好きだもんな。どうだ、文字を覚える気になったか？」

「うん！」

神父さんは今後の役に立つからと、孤児たちに文字を教えてくれていた。俺はその日から必死に文字を覚えた。同年代の孤児の中で一番早く文字を覚えたのは俺だったと思う。

文字を覚えると今度は少しずつ単語を覚えて、本を読むようになった。ここは教会なので、最初に読む本は聖書である。教会にいながら俺はあまり信心深くはないけれど、それでも新しいお話を知ることができるのはすごく楽しかった。

分からない単語を神父さんやシスターたちにしつこく聞いて回りながら読んだので、本当に少しずつで時間がかかった。なにせ神父さんもシスターも忙しい。

「クルトは本当に本が好きなのね」

シスターは苦笑しながら、読めない単語を教えてくれた。

俺は新しい知識を得られるということが好きだった。だから神父さんにお話をねだった。神父さんはいろんな話を聞かせてくれた。たまに借りられた本はおつとめの間に何度も読んだ。

孤児の環境としては、とても恵まれていたと思う。神父さんもシスターも孤児を大切にしてくれた。だけど世間的に見ればそうでないことは、少しずつ理解するようになった。

「孤児と一緒に遊んじゃいけません」

教会にお祈りに来たのだろう、小さい男の子が母親の手を離れて俺のところへ来ようとした。遊んでくれると思ったのだろうか、男の子は笑顔で駆けてくる。それを母親が止めた。そして俺をまるで汚物を見るかのような目で見てきた。

男の子は「なんで？」と母親に聞いた。

「なんでも。駄目なものは駄目よ。行きましょう」

母親は俺を睨んで男の子を連れて出ていった。俺は別に悪いことをしたわけじゃないはずだ。だって何もしていない。男の子を誘導したわけでも、声をかけてもいない。もちろん虐《いじ》めたわけじゃない。ただ通りかかっただけだ。なのにどうして睨まれなくちゃいけないんだろう。

そんなことは何度もあった。ある人は孤児たちが歌ったら「聖歌が穢《けが》れる」と言ったし、神父さんに孤児を外に出さないようにと言う人もいた。孤児の扱いなんて、そんなものだった。

神父さんはいつも俺たち孤児を守ってくれた。近所の子に小石を投げられた時は投げた子を叱ってくれたし、孤児は汚いと言ってきた大人には、汚くないとちゃんと話してくれた。

俺たちはみんな神父さんを尊敬していた。

「僕は大きくなったら神父さんになるんだ」

ある時、俺は意気揚々と神父さんにそう言った。孤児院の仲間もそう言っていた。神父さんになって、自分たちみたいな孤児を守るんだって。

「おや、それでは私の仕事がなくなってしまうね」

神父さんはおどけたように笑った。

「あ、えっと、そうじゃなくって」

この教会のトップは神父さんだけれど、その下に神官やシスターがいる。まず俺は神官になって、神父さんを支えたい。だけど考えてみたら、神父さんになりたいってことは神父さんが神父さんを辞めたあとってことになる。それは嫌だ。でも神父さんになりたい。矛盾しているが、その時は本気でそう思っていた。

「神父さんになるにはどうしたらいいですか？」

真面目に聞くと、神父さんは切なそうに微笑んだ。

「たくさん勉強しなさい」

神父さんの表情の意味を知るのは、しばらく先になってからのことである。

◆◇◆◇◆

12歳になると孤児院を出なければならない決まりになっている。

さすがに12歳でいきなり外に放り出されたら生きていけないので、最初は住むところや仕事をある程度は教会が整えてくれる。

俺は教会のある都市の隣にある小さな町の、小さなパン屋で働くことになった。

「真面目に努力して頑張りなさい。だけど、どうしてもつらくて仕方がなくなったら、ここに来るといい。困った時は頼ってもいいのだからね」

俺は今までお世話になったお礼を言って、深々と頭を下げた。そして神父さんとシスターたちに見送られて、慣れ親しんだ教会をあとにした。

持ち物はバッグ一つだけだ。その中で一番大事なのが聖書だ。聖書の中身が重要なのではない。本が読みたかったから、この聖書で必死に文字や単語を勉強した。それを見ていた神父さんが特別に譲ってくれたのだ。古びて薄汚れているとはいえ、「神父さんが特別に譲ってくれた」もので「高価な本」なので、俺の一番の宝物なのだ。

貴族ならば馬車に乗るのだろうが、俺にそんな選択肢はない。神官が付き添ってくれ、パン屋までひたすら歩いた。あまり外に出ることがなかったから、目新しいものばかりで興奮した。

「気持ちは分かるが、あんまりはしゃいでると店まで歩けないぞ」

付き添いの神官は、俺が兄のように慕っている人だった。俺の様子を見て苦笑している。

「あっち側の綺麗な建物はお貴族様も使うお店だから、なるべく近寄らない方がいい。あぁ、あそこにある緑の屋根の店が見えるか？　あれが職業紹介所だ。もし仕事がなくなってしまったらあそこで紹介してもらえる」

神官は俺に街を紹介してくれる。花屋、布屋、食料品店。どれも物珍しくて心が躍る。その中に本がたくさん並んだお店を見つけた。

「あれは？　本屋さん？」

「貸本屋だ。売っている本もあるだろうが、基本的には本の貸し出しを行っている店だな」

俺は店の前にかじりついて中を眺めた。もちろんお金なんて持っていないから、買うことも借りることもできない。だけど本がこんなにいっぱいあるところがあると知って嬉《うれ》しかった。

「俺にも貸してくれますか？」

「お金があれば、たぶんな」

神官は途中でジュースを買ってくれた。俺にとっては滅多に飲めないご馳走《ちそう》だ。一気に飲んでしまったらもったいないから、ちびちび飲みながら目的のパン屋に向かった。

目的地に着いたのは、昼もとっくに回った頃だった。

「よく来たね」

人のよさそうな老夫婦が迎えてくれた。老夫婦が経営しているパン屋は、従業員が辞めてしまったところなのだそうだ。老夫婦2人だけでは厳しいので、店を畳《たた》むしかないと思っていたところを常連さんに惜しまれ、もう少しだけ、と俺を迎え入れることにしたらしい。

老夫婦は店の屋根裏の小さな部屋を俺に用意してくれた。今までは大部屋だったので、自分の部屋という場所に興奮した。同時にしんと静まった一人の部屋が少し寂しくもあった。

パン屋の仕事は大変だった。まず朝が早い。教会でも夜明けと同時に起きるのが基本だったけれど、こちらは夜明けのずっと前に起きて作業する。そうしないと朝食にパンを買いにくるお客さんに間に合わないからだ。

パンを作るということも重労働だった。最初は生地を捏《こ》ねるだけで疲れきってしまった。

「最初はそうなるさね」

ははっ、と笑ったおじさんは、もういい歳とは思えないくらいに力強かった。

俺はパン屋の老夫婦をおじさん、おばさんと呼んでいた。おじいさん、おばあさんと呼ぶにはまだ少し若い気がしたし、パワフルで元気だったからだ。2人はとても明るくていい人で、孤児の俺にも親切だった。とても恵まれていたと思う。俺には親がいないけれど、もしいたらこんな感じなのかな、なんて図々しくも思ったりした。それだけ2人は俺を気にかけてくれたし、俺も2人を慕っていた。

仕事はきつかったけれど、パンが発酵《はっこう》して膨らむのも、おじさんの手で生地が形を変えていくのも珍しくて面白く、俺は一生懸命に覚えた。なにより焼きたてのパンの味は最高だった。

「あら、新しい子が入ったの」

「そうなんですよ。おかげでもう少し店を続けられます」

「そりゃ、よかったねぇ」

焼けたパンを店に運ぶと、お客さんが来ているところだった。接客担当はおばさんだ。俺はパンを置いたら軽く頭を下げ、すぐ厨房《ちゅうぼう》に戻った。明るい笑い声が聞こえてくる。

「クルト、客の前に出るのはいいが、孤児だったってことはバレないようにするんだぞ」

おじさんがそう注意するのは何度目だろう。俺は静かに頷いた。なんとなく言っている意味は分かった。孤児はあまりよい目では見られないからだ。

それを如実に理解させてくれたのは、それから数カ月後のこと。だいぶ仕事に慣れ、楽しくなってきた頃のことだ。

朝、パンを買っていった客の男が、夕方に店に乗り込んできた。

「おい、ここでは孤児を雇っているそうじゃないか」

男は俺を探すように店内を見回す。俺は隠れてその様子を窺《うかが》っていた。

「くそっ、食べちまったじゃねえか。変なものを混ぜてるんじゃないだろうな？　とりあえず金を返せ。腹を壊したら医者代を請求するからな」

あいにくおじさんは材料の買い出しで店にいない。もし男がおばさんに手を出しそうになれば飛び出すつもりでいたけれど、穏便に済ませようとしたおばさんが返金したことで、男は悪態をつきながら店を出ていった。

「まったく、困った客もいるもんだね。気にしないでいいからね」

おばさんはそう言って、俺の頭にポンと手を載せた。

残念なことに、どうやら孤児の俺がこの店で働いていることは広まってしまったらしい。その頃から明らかに客の数が減った。

「孤児を雇ってるのかい？　いずれお金を持って逃げられるよ。やめた方がいいよ」

そう言う人もいた。悪い人じゃないのは分かっている。おじさんとおばさんを心配しているのだ。だけど、俺はそんなことしないのに、と悲しい気持ちになった。

そんな中でも来てくれる常連さんもいたし、孤児だと知っても俺を気にかけてくれる人もいた。それでも売れ残ったパンを見る度に、俺は罪悪感で打ちひしがれそうになった。

「すみません。俺がここにいるから……」

「何言ってんだ」

おじさんは少し強めの口調で言った。おじさんは普段は温厚で優しい顔をしているけれど、パンを作る時だけは頑固おやじのような厳しい顔になる。今おじさんはそんな顔をしていた。

「お前は悪いことなんて何もしていないだろ。堂々としていればいい」

「でも……」

「なに、俺たちはお前が来なければ店を畳むつもりでいたんだ。潰れたらその時はその時だ」

「そうよ。それに、そんなお客さんなんてこちらから願い下げよ。来なくなって清々したわ」

おばさんも隣で笑った。涙が出た。

「ありがとうございます」

その日から、俺は今まで以上に必死にパン作りに打ち込んだ。

パン作りは思った以上に難しくて、おじさんに言われた通りにやってもなかなか上手くいかなかった。それでもだんだんできることが増えていき、ここに来てから1年経つ頃には少しは役に立てるようになり、2年経つ頃には一通りの作業をやらせてもらうことができた。

その頃には減っていた客数も売上も、以前と変わらないくらいまで戻っていた。

パン作りは奥が深い。毎日頑張っているつもりだし、一人で生地から焼くまでできるようになったけれど、おじさんには到底及ばなかった。

「クルト、だいぶ美味しいパンが焼けるようになってきたな」

「でもおじさんのとは全然違います」

「ははっ。俺が何年パン屋をやってきたと思ってんだ。これくらいで抜かれたらたまらんよ」

それからさらに1年。

おじさんのパンにはやっぱり及ばないけれど、俺が一から作ったパンを店に並べられるようになった。孤児が手伝ったというだけで不安がられたり、何か変なものを混ぜたのではないかと疑われたりしたので、とても緊張した。

俺が孤児だったことを知りながら通ってくれる常連さんは、俺が作ったパンを買ってくれた。

「美味しかったよ」

そう言ってもらえた時は、嬉しくて仕方がなかった。

俺はずっとここでパンを焼くんだ。そう思っていた。あの日までは。


ある日の深夜、パン屋に強盗が入った。物音に気が付いて自室の屋根裏部屋から厨房へ下りると、数人の男が金目のものやパンを作るための道具を運び出していた。

「何してるんだ！」

俺は怒鳴ったが、男たちが止める気配はない。まずい、見つかった、という素振りもない。ちょっと面倒だな、という程度の顔をしただけだった。そのうちに気が付いたおじさんとおばさんも下りてきた。それを見た男の一人がニヤリと笑った。

「俺たちはお前らを傷つけたいわけじゃない。大人しくしていれば、手は出さないでやる」

俺はおじさんとおばさんを背に庇《かば》い、パンを伸ばす時に使う棒を手に取った。だけど場所が悪かった。男の横の机の中には包丁がある。残念なことに男はそれに気が付いて、俺たちに切っ先を向けてきた。人数を見てもこちらが不利。

それでもおじさんとおばさんの店を荒らされるのは我慢ができなかった。飛び出そうとしたその瞬間、おじさんの優しくて厳しい声がした。

「クルト、やめなさい」

「おじさん！」

「見れば分かるだろう？　歯向かってもやられるだけだ。君たち、持っていっていい。だから手を出さないという約束は守ってほしい」

男は笑った。

「そうこなくっちゃ。さっさと運び出そうぜ」

明かりはつけているものの、深夜なので薄暗い。その中でどんどん器具が運び出されていく。生地を捏ねる時に使う大きなボウル、秤《はかり》、焼き型。どれも毎日使っていたものだ。それが無造作に積まれていく。俺はギリと奥歯を噛み締め、隙を狙った。

「クルト」

後ろからおばさんが俺の腕を掴《つか》んだ。優しい声とは裏腹に、絶対に行かせないという意志を感じさせる強い手だった。力は俺の方が強いから、おばさんの手を振り払おうと思えばできる。だけど俺が今もし手を出したら、俺だけじゃなくておじさんとおばさんもどうなるか分からない。結局俺は動くことができなかった。

「なんでこんなことをするんだ！」

「こうしないと生きられないからだよ。文句があるならお貴族様に言いな」

どのくらい経ったただろう。男たちは俺たちにとって大事なものを、乱暴に持ち去った。深夜だったけれどそれから寝られるはずもなく、呆然《ぼうぜん》と過ごすうちに朝になった。

光が入ってくると、惨状がより露わになった。あいつらは持ち出せるものをほとんど持っていった。そのまま使うためとは思えないから、たぶんどこかで売るんだろう。

唯一幸いだったのは、男たちが約束を守り、誰にも怪我《けが》がなかったことだ。

すごく悔しかった。毎日使い続けて愛着の湧くものたち。俺でもこれだけ悔しいのだ。おじさんとおばさんはもっと悔しいだろう。涙が止まらない。

「おじさん、おばさん、申し訳ありません」

俺は2人を前に深く、深く頭を下げた。

「なんでお前が謝るんだ？　何かしたわけじゃないだろう」

「していません。だけど、あいつらの中に知っている奴がいた」

盗んでいった男たちの中に、見知った顔があった。同じ教会で育った仲間だった。子供の頃は一緒に笑った仲だ。悪い奴じゃなかった。むしろ優しい奴だった。

でもそんなことを言ってもしょうがない。

「孤児、か」

おじさんがボソッとそう呟いた。

「俺がいたからここが狙われたのかも」

「考えすぎだ。とにかく、片付けようか」

泣きながら荒らされた厨房と店を片付けた。もう焼くことができないのに、仕込んでおいたパン生地が発酵してプクッと膨らんでいる。やるせなかった。

いつもだったら開店している時間になり、何も知らない客たちがやってきた。おばさんが対応する。悲しそうな顔をする人、怒りを露わにする人、いろいろいたけれど、中には俺がやったのか、手引きしたんじゃないかと聞く人もいた。

店が襲われて数日。被害届は出したけれど、結局犯人が捕まることはなかった。最近こういった犯罪が増えているらしい。

「だから孤児を雇うのはやめなって言ったのよ。犯人、元孤児なんでしょう?」

そう言う人もいた。おじさんとおばさんを心配しているのであって、悪気があるわけじゃないことは分かる。だけど悔しくて悲しかった。

「犯人は分かりませんけど、あの子じゃありませんよ」

おばさんはいつも否定してくれた。おじさんも俺がやったとは思っていない。だけど、世間はそう見なかった。元孤児が犯罪者になる確率は、すごく高かったからだ。

「そうかい？　一生懸命やってたようだから、あたしもそれを信じたいけどね。それにしてもひどいねぇ。店はどうするんだい？」

「畳むことになりました」

「それは残念だよ。でも仕方がないよね。あたしはここのパンが好きだったよ。寂しいね。また税が上がるっていう噂だし、これからどうなってしまうんだろうね」

おじさんとおばさんから店を畳むと聞いたのは、２日ほど前のことだ。

「すまないな。もしお前にその気があれば、いずれ店を任せてもいいと思っていたんだがな」

この店には後継者がいない。おじさんとおばさんには娘が２人いるが、もう嫁いで別の町で暮らしている。もしできることならば、俺も後継者になりたいと思っていた。

だけど、今からまた器具を集める余裕はなかった。独り立ちできるほどの技術もまだなかった。襲撃を受けた店を孤児が経営しているとなれば、客も来ないだろう。それに、いつまた店が襲われるか分からない。

何もかもが中途半端だった。

「このままここに住んでも構わないよ。店のものは盗られてしまったけれど、預けておいたお金は少しならばあるからね。贅沢はできないけれど、食べていけないことはないよ」

おじさんたちはそう言ってくれたけれど、さすがにそれにずっと甘えるわけにもいかない。

俺は次の仕事を探すために、隣町にある職業紹介所へ行った。おじさんには「親戚ということにしていいから孤児だと名乗ってはいけない」と言われていたけれど、何も悪いことはしていないはずなのに嘘をつくのが嫌で、正直に言ってしまった。結果、すぐに追い返された。孤児なんかを斡旋《あっせん》したらこの職業紹介所が潰れてしまう、だそうだ。

◆◇◆◇◆

俺はパン屋を出て、教会のある街に戻ってきた。都会の方が仕事が見つかりやすいと思ったからだ。あるのは少しの身の回りの品と、わずかなお金だけ。「少しで悪いね」と言いながらおじさんとおばさんがくれていたお給料を貯めたものだ。

それから俺は職を転々とした。

最初は飲食店の下働き。言われたことはなんでもこなしたが、半年くらい経ったところで孤児だったことがバレてしまい、追い出された。次も飲食店だった。その次は農家で、その次は商会の雑用係。他にもいろいろやったが、どれも長くは続かなかった。

それからしばらく仕事が見つからなかった。持っていたお金もほとんど底をつき、住むところもない。ふらふらと街を彷徨《さまよ》い歩いた。

いくら頑張ったところで元孤児だと分かれば蔑まれ、辞めさせられた。まともな職につけないことが続き、俺は自暴自棄になりかけた。

「なぁ、前世の俺。お前はなんでそんなに頑張ったんだ？」

思わず呟いた。大人になるにつれて徐々にはっきりしてきた記憶。やはり前半はぼんやりしていてほとんど分からないが、後半はなんとなく思い出せる。

俺は鉱山で苦労していた。毎日鉱山に潜ってひたすら岩を砕いている。そこから抜け出せる未来なんてなく、実際にそのままそこで死んでいる。前半が分からないからどうとも言えないけれど、報われた人生だとは思えない。それなのに腐らなかったのはなんでだ？

前世の俺は後悔ばかりしていた。その後悔が教えてくれたのは、とにかく真面目に努力することだった。だけど、真面目に努力したところで何がある？　もし職につけたって、また孤児だったことを理由に追い出されるだけだ。生きていることに、なんの意味がある？

「くそっ」

石を蹴ったら、足に血が滲《にじ》んだ。惨めだった。

俺はその日眠る場所を探して、路地裏に入った。だが残念ながら先客がいた。別の場所を探そうと踵を返しかけた時、その先客と目が合った。彼はなぜか俺を見て目を丸くした。

「もしかして、クルトか？」

俺が目を見張ると、彼は嬉しそうに顔を明るくした。

「やっぱりそうか！　俺だよ、ラルフだよ。孤児院でお前と同じ部屋だった」

「ラルフ、なのか？」

そこにいたのは、かつての仲間だった。ガリガリに痩《や》せてボロを身にまとい、目だけがぎょろりとしている。確かに面影《おもかげ》はあったが、言われなければ気付けなかっただろう。

水を浴びることもしていないようで、異臭がした。

「分かってくれたか？　こんななりだから、分かんないかと思った」

へへっとラルフは笑った。その顔は、孤児院で共に遊んだ時の顔を思い出させた。

「クルト、お前ももしかして宿なしか？」

小さく「あぁ」と答えると、ラルフは「そうか」と呟いて、少し残念そうな顔をした。

「なぁ、少し話そうぜ。俺はたぶんもうすぐ死ぬからさ。少しだけ付き合ってくれよ」

「何言ってるんだ？」

「へへっ、今は珍しく起きてたんだけどな。寝たり幻覚を見たり、最近はそんな時が多いんだ。きっともうすぐお迎えが来る。俺には分かるんだ」

ラルフに悲痛さはなかった。むしろ、そのお迎えを望んでいるようにさえ見える。

もしかしたら怪しい薬に手を出したのかもしれない。孤児院の頃に絶対に駄目だと教わった薬だ。一時だけ幸せな夢を見られるという薬は、いずれ身体を滅ぼすと聞いた。

「クルト、あの時はすまなかったな」

あの時とは、おじさんとおばさんのパン屋に強盗が入った時のことだとすぐに分かった。ラルフはその男たちの中にいた。

「言い訳になるけれど、そうしなきゃ生きられなかったんだよ。あの時はまだ、ああしてでも死にたくなかったんだ。許せとは言わない。でも悪かったとは思っている」

ラルフはパン屋で俺の顔を見て、ひどくつらそうな顔をした。やりたくてそうしているわけじゃないことくらいすぐに分かった。もともと気が小さくて、優しい奴だったのだから。

「事情があったんだろうとは思うけど、許す気はないさ。俺はあの時、いろんなものを失った」

俺は少し間を開けてラルフの横に座った。どうせ行く当てもない。仕事もやることもないのだから、時間だけはたっぷりある。

「俺さ、孤児院を出たあと、斡旋してもらったところで働いたんだけどさ」

ラルフは孤児院を出てからのことをぽつぽつと語った。

斡旋された仕事先は、そこそこ人数のいる作業所だったそうだ。孤児だからという理由できつい仕事ばかりを割り振られ、罵られる日々だったという。

「言われた仕事はちゃんとやるつもりだったんだ。だけど、どいつもこいつも俺に嫌な仕事を投げてくる。一人じゃ終わらなくて、でもやらないと怒鳴られた」

ラルフがやった仕事は他の人の功績になった。さぼっていた奴らはしっかり給料をもらい、ラルフにはわずかだけ。やっても認められないのに、失敗だけは人の分まで叱責された。

「中には俺に同情的な人もいたよ。食事を横取りされた時に、こっそりあとからくれたりさ」

でも表立って庇うことはできなかったという。それだけ上の力が強かったそうだ。

一応は教会が斡旋した職場なので、衣食住は粗末ながらも整えられていたらしいが、与えられたのは大部屋で、部屋に戻ってからも蔑まれたそうだ。そんな日々に休まる時間はなかっただろう。おじさんとおばさんのパン屋で働けた俺は、すごく恵まれていたんだなと実感した。

「ある日、同室の奴が部屋に置いていたはずのお金がないって騒ぎ出してさ。お前が盗ったんだろうって、俺のせいにされたんだ。俺じゃないって訴えたけど、誰も聞いちゃくれなかった」

ラルフはへへっと笑った。笑うところではないと思うが、それからしばらくラルフはへへへへへっと笑っていた。目が虚ろで常人ではない様子だ。

「大丈夫か？」

「……どこまで話したっけ？」

「ラルフはやっていないのに泥棒扱いされたとこ」

「あぁ、そうだっけ。それで、もう全部が嫌になって逃げ出した」

教会を頼っても連れ戻されるだけだと思ったラルフは、住むところもなく辺りを転々としていたそうだ。仕事も得られず、もともとわずかだったお金はすぐに底をついた。

「食べるものもなくなってゴミを漁っていた頃、親分に拾われたんだ。パンが食べられたし、誰も俺を悪く言う奴はいなかった。俺と同じように孤児だったっていう奴も多かったな」

親分とは、パン屋に強盗に入ったメンバーの中で交渉してきた一番偉そうな人だそうだ。街に受け入れられなかった者たちの集まりで、盗みを働き、それを売って過ごしてきたという。

「盗むのは駄目だってことは分かってた。最初は戸惑ったよ。だけど、盗んでいなくたって盗んだって言われるんだ。だったらどっちでも同じじゃないかって思ったんだよね」

その中の一軒が、おじさんとおばさんの店だったらしい。俺がいることを知って、パン屋に来たのではなかったようだ。俺の顔を見て驚いたとラルフは言った。

「言い訳にしかならないけどさ、俺にとってはそうして過ごすのが普通になってた。盗んで生きるか、野垂れ死ぬか、どっちかだったんだ」

またラルフはへへへっと笑った。時折意識が飛ぶようで、しばらく沈黙したり、そうかと思えばしゃべり続けたりする。意識も混濁するのか、同じようなことを何度も言ったりした。

「ラルフ、なんでお前一人でここにいるんだ？　その親分はどうした？」

「捕まっちゃったんだよ。俺は偶然その時仕事を頼まれて住処《すみか》から離れていて、戻ろうとしたら遠くから兵がいっぱいいるのが見えてさ。みんな連れていかれた。俺だけ残った」

それからまた転々として、今に至るという。その間に仲よくなった人がいたらしい。似たような境遇で意気投合したというその人は、ラルフが言うには、去年亡くなったそうだ。

「その人がラルフに何か、勧めたのか？」

「……そんなことより、お前の話を聞かせてくれよ」

その人がラルフに薬を教えたのだろうと推測したけれど、ラルフは言おうとはしなかった。

「パン屋はどうなったんだ？」

「あのあと、店を畳むことになったさ」

「……そうか」

「そのあとはいくつかの仕事を転々としていた」

俺はごく軽くだけ、今までのいきさつを話した。途中でラルフの手が震えていることに気が付いて「大丈夫か？」と聞いたけれど、「いつものことだから気にするな」と返ってきた。聞いていたのか意識を飛ばしていたのか分からないが、俺が話し終わるとラルフは顔を上げた。

「やっぱりクルトはすごいなぁ。いくつものところで働けたんだもんな」

「今は職なしだけどな」

自嘲気味に鼻で笑ったが、ラルフは本当にすごいと思っているようだった。

「孤児院にいる時から、他の奴らとは違うと思ってたんだ。勉強もできたし、そういえばいつも本を持ってた。神父さんやシスターに分からないところをしつこく聞いて回ってたな」

「よく覚えてるな」

「懐かしいな。あの頃に戻りたいな」

孤児院にいた頃から孤児が疎《うと》まれていることは知っていた。だけど外の世界のことはまだよく分からず、皆で笑って駆け回ったものだった。

隣を見ると、ラルフの身体は明らかに震えていた。暑い日でもないのに汗をかいている。

「もうすぐ死ぬから」と言っていたのは冗談ではなかったのかと思い至る。

「おい、大丈夫か？」

「大丈夫ではないのかなぁ、よく分からない」

震えながらへへっと笑う。笑っている場合じゃないだろう。

「俺さぁ、普通に生きたかったんだよ。お貴族様みたいに煌びやかな生活じゃなくていい。お金持ちじゃなくてもいいから、ちっちゃな家で毎日困らないだけの食べ物があって、一緒に笑い合える人がいて。そんな生活」

「うん、そうだよな」

「だけどさ、気付いたらそれを奪う側になってたんだ。どうしてこうなっちゃったのかな」

パン屋に強盗に入ったことは許せない。だけどもし自分がラルフの立場だったら、絶対やらなかったと言えるだろうか。

「なぁクルト、お前、今は宿なしって言うけど、ずっとそうだったわけじゃないんだろう？」

「あぁ」

「お前はまだ間に合う。俺みたいになるな」

ラルフが俺を見上げる。落ちくぼんでぎょろっとしているけれど、その目は子供の頃と同じ、優しい目をしていた。

「死ぬ前にお前に会えて嬉しかった。もう行け」

ラルフはそのまま横に倒れ、目を閉じてしまった。俺は目を丸くして近くに寄る。

「ラルフ？　おい、ラルフ！」

本当に死んだのかとぎょっとして確かめると、呼吸はあった。眠っているだけのようだ。

俺は残っていたわずかなお金を使って一番安いパンを買った。飲める水を汲《く》んで戻り、ラルフが起きるのを待った。思うところはあったとしても、さすがにこのまま放置できなかった。

俺も少しうとうとしたらしい。隣で動く気配がして目が覚めた。

「誰だ？」

「クルトだ。忘れたか？　ちょっと前まで話していただろう」

「……あぁ、クルトか、クルト？　なんでいる？」

まだぼんやりしているのか、はっきりと認識できていないような目をしている。

「とりあえず飲め。水だ。パンも少しだけどある。食べられるか？」

最初は遠慮していたラルフだが、喉が渇いていたらしく水を受け取って飲んだ。パンは少しだけ、ゆっくりと食べた。気を使ったというよりは、それだけしか食べられないように見えた。

「ラルフ、行くぞ。ちょっと付き合ってくれ」

「どこにだ？」

教会に、と言えばついてこないと思って、行き先は伏せた。孤児院にいた時に、教会には孤児のための施設の他に、病気の人や動けない人のための施設があると聞いたことがある。そこへ行けばもしかすれば、と思ったのだ。幸いここから教会までは遠くない。

ラルフを支えて立ち上がると、俺は肩を貸してよたよたと歩き出した。途中でラルフは歩けなくなり、背負った。驚くほどに軽かった。置いていけと言われても従う気にはなれなかった。

「なぁ、なんで俺を連れていこうとするんだ？　クルトにとって、俺は盗人だろ？」

「なんでだろうな。俺にも分からない」

自分はもう生きている意味なんてない、死んでもいいかもしれない、なんて思っていたのに、実際に死にそうな人を見たら、なんとかしないと、と思ったのはどうしてだろう。


教会に着いた時、ラルフは意識を失っていた。中に入ると、おばさんのシスターがこちらに気が付いて顔を顰《しか》めた。教会には助けを求めた浮浪者も立ち入ることがあるが、残念ながら歓迎されない。俺たちは今、まさに歓迎されない人であることは認識していた。

「すみません、あの」

声をかけると、シスターは俺の顔をまじまじと見て目を丸くした。彼女はよく子供たちの世話をしてくれる優しいシスターだった。俺がここを出た時は12歳。それから7年が過ぎている。背も伸びたし顔つきも変わったけれど、どこか見覚えがあると思ってくれたようだ。

「お久しぶりです、クルトです。ここの孤児院出身なんですけれど、覚えていますか？」

「もちろんだよ。あぁクルト、大きくなったねぇ」

俺のことが分かっただけでなく、こんな状況ながらも懐かしそうな顔をして微笑んでくれた。

「一体どうしたんだい？　背負っている人は？」

「ラルフです。俺と同じくらいの時期にここの孤児院にいた」

「えっ」

驚いて俺の背を覗き込んだことからすると、シスターはラルフのことも覚えていたようだ。

「偶然会ったのですけれど、この状況で。なんとか助けていただけないかと思って……」

シスターは回り込んでラルフを見て、口元を押さえた。臭《にお》いがきついからか、それともラルフの状況を憂いているのか。

「意識がないの？」

「はい。呼吸はあるので寝ているだけかと思います」

「とりあえず、場所を移しましょう。ついてきてちょうだい」

シスターのあとについて、俺はラルフを背負ったまま一度外に出た。そこから教会の敷地内をしばらく歩き、奥にあった粗末な小屋に案内された。この教会で育ったけれど、こちら方面に来ることは禁止されていた。ここに来るのは初めてだ。

中から男の声が聞こえる。普通に会話しているような声ではない。呻くような、嘆くような、そんな声。ここがそういう人たちの施設なのだとすぐに分かった。

「ここで少し待っていてくれるかしら。話を通してくるから」

シスターは小屋の中の一室に俺たちを通すと、そう言って出ていった。寝台のようなところにラルフを寝かせると、窓を開けた。室内に籠《こも》ると臭いがきつかったからだ。窓を開けた外側には格子がついていた。それが、ここがどんな場所なのかを示しているようだった。

連れてきたのは失敗だっただろうか。もしかしたら路上で死にゆく方が、ラルフにとってはよかったのかもしれない。そんなことを考え始めた時、先ほどのシスターと神官が一緒に入ってきた。シスターが、この神官がここの施設長であると教えてくれた。

「今までどんな様子だった？」

ずっと一緒にいたわけじゃないから詳しいことは分からないけれど、俺はラルフと会ってからの様子を伝えた。話が終わると神官はラルフを軽く診察し、小さくため息をついた。

「孤児院出身か。その後親族やそれに近い人は？」

「分かりませんが、おそらくいないかと」

「なるほど。分かった、とりあえず一度預かろう。その後の処遇はこちらに任せてもらうということでいいか？　引き取れないから連れてきたんだろう？」

「はい、すみません」

「責めてるわけじゃないんだ。連れてきてくれてよかったよ」

俺たちが話している間、ラルフは目覚めなかった。目覚めた時にここにいることを、彼は怒るだろうか。

話を終えて、俺はシスターと共にその施設を出た。シスターはラルフの様子に心を痛めていたようだけれど、それを顔に出さないように俺に微笑みかけた。

「クルトは今どうしているの？　貴方の話を聞きたいわ。住まいは近く？」

「あ……」

思わず言葉に詰まってしまった。その一瞬でシスターは何かを察したらしい。失敗した。嘘でも元気にやっていると言うべきだった。

「着替えは持ってる？」

シスターは俺のバッグを見ながら聞く。日常的に持ち歩くには大きいそのバッグには、今の俺の全ての荷物が入っている。当然少ないが服も入っていたので、俺は頷いた。

「そう。ならば、まずは身を清めてくるといい。場所は知っているわね？」

「ですが……」

「あの状態のラルフをここまで背負ってきたのでしょう。正直に言って、臭《くさ》いよ。そのまま外に出ない方がいいわ」

俺はラルフをお願いできたら戻るつもりでいて、教会の世話になろうとは思っていなかった。そんなことはお見通しとばかりに、シスターは目尻を下げて微笑んだ。

「心配ないよ。今の時間は誰も使っていないし、上にも話はしておく。今着ている服も一緒に洗っておきなさい。終わったら必ず声をかけてね。勝手に出ていっては駄目よ」

俺は苦笑した。そっと出ていこうとしていることも、お見通しだったらしい。

確かに臭いだろうと思い、ありがたくその言葉に甘えさせてもらうことにした。

身体を洗うと、とてもすっきりした気分になった。ラルフの臭いもついていただろうが、俺も数日洗っていなかったのだ。服も洗って干し、身支度を整えると、教会の建物に入った。

俺はシスターのいる執務室の近くで待つことにした。自分から顔を出す勇気はなかった。もし俺が立派な身なりをして、手土産や寄付金でも持っていれば、誇らしい気持ちで堂々と入れただろうに。次にここに来る時にはそうありたいと思っていたのに、現実はこんなものだ。

「まぁ、もしかしてクルト？　立派になって」

すぐに別のシスターに見つかった。立派でなくてすみませんと心の中で謝って、取り次いでもらう。先程のシスターは中にいたようで、すぐに出てきてくれた。

「あら、声をかけてくれればよかったのに」

「すみません。洗い場ありがとうございました」

「いいのよ。ついてきて」

お礼を伝えたら去るつもりだったのに、シスターはスタスタと歩いていく。疑問を飲み込んであとに続いた。シスターには逆らうべからず。逆らっても敵わないと幼い頃に習得済みだ。

シスターはしばらく進むと、ある部屋の扉をノックした。「どうぞ」と声が中から聞こえた。

「失礼します。クルト、入って」

通されたのは神父さんの部屋だった。部屋の内装は子供の頃に入った時のまま。そして懐かしい顔が正面にあった。

「久しぶりだな、クルト。元気そうだな」

神父さんは柔和《にゅうわ》な笑みで俺を迎えてくれた。俺はこの状況についていけずに目を白黒させていた。子供だった頃は何も分かっていなかったから「偉くて優しいおじさん」くらいの感覚でいたけれど、本来は俺がこうやって話せるような身分の人ではないのだ。

神父さんは俺の様子を見て苦笑した。

「そう縮こまるな。ラルフを連れてきてくれたんだって？」

「はい」

「そうか。ラルフが、なぁ。ところでクルトは今どうしているんだ？」

神父さんは優しく微笑んだ。俺は神父さんには特殊な力があると思っている。なぜかこの人を前にすると嘘とか冗談は言えなくなって、懺悔《ざんげ》せずにはいられない気分になるのだ。強要されているわけでもないのに自発的に全部しゃべってしまう。そんな能力だ。

気が付けば俺は孤児院を出てからのいきさつを全て話していた。

「そうか、大変だったね」

神父さんが発した言葉はたったそれだけだったのに、何かがストンと落ちた気がした。

そうか、大変だったのか。大変だったよな。

その一言には労《ねぎら》いも含まれていて、なんだか今までが無駄じゃなかったと思わせてくれた。

もう一度頑張ろうと思えてしまうのだから、本当に神父さんは不思議な人だ。

それと同時にハッとした。この方は俺が長々と身の上話をしていいような人ではないのに。

「すみません、話し過ぎてしまいました。お会いできて嬉しかったです。では……」

「クルト」

挨拶をして去ろうとした俺を遮《さえぎ》るように、神父さんは俺をじっと見つめた。一瞬鋭い目だったけれど、すぐにいつもの柔和な顔に戻った。

「孤児院に赤子が3人も入ったんだ。それなのに神官とシスターが減ってしまってね」

孤児院にいる子供たちは助け合って生きている。大きい子が小さい子の面倒を見るのは当然のことで、俺もそうしてきた。だから赤子が3人というのが大変なことは分かるつもりだ。

「そうでしたか」

それは大変ですね、という意味を込めて言うと、神父さんがニコリと笑った。

「しばらくの間でいいから、孤児院の手伝いをしてくれないか？」

「え？」

「見習い神官の部屋には空きがある。食事は子供たちを見ながら一緒に食べてあげてほしい」

それからいくつかの条件が示された。給料は出ないので、いつ辞めてもいいこと。手が足りない時間以外は自由に過ごしてもらっていいこと。宿なしでお金もなく、食べるものさえ手に入れられない今の俺にとっては、どれも破格の条件だった。

「クルトならば状況が分かっているから助かるんだけれど、いいかい？」

「……ありがとうございます」

俺は深く頭を下げた。その途端に涙が落ちそうになった。どう考えても俺の今の状況を思って、口実を作って助けてくれたのだ。懸命に涙を堪えて頭を上げられない俺に、神父さんは「助かるよ、よろしくね」と声をかけて席を立ち、そのまま部屋を出た。きっとこれも神父さんの優しさだ。俺はその部屋で一人、泣いた。

◆◇◆◇◆

それから俺は神官見習いの大部屋の一角を借り、食事もとれるようになった。少しでも役に

立たなければと、一生懸命孤児と向き合った。赤子の世話は大変だし、子供たちは皆元気だ。雑用もたくさんある。暇なく動き回り、役に立てている実感が持てることが心地よかった。

孤児たちは好奇心も旺盛だ。俺に教えられることは多くないが、神父さんから教わった文字や簡単な単語ならば伝えられた。困ったことによく聞かれたのは、孤児院を出てからの生活についてだ。特に年長の子たちにとっては差し迫った話である。あまり失望させないように、でも嘘にならないように現実を伝えるのには苦労した。

少しできた時間、俺は外のベンチで聖書を読んだ。孤児院を出た時に神父さんからもらった古びた聖書で、俺の数少ない宝物だ。こうして開くのはかなり久しぶり。もう何度も読んだ文だけれど、心が踊るのを感じた。

そうだ、俺はこうやって本が読みたかったんだ。

「まだそれを持っていたのか」

どうやら集中していたらしい。神父さんの声にハッと顔を上げると、彼は隣に腰掛けてきた。

「ラルフは施設に入れることになったよ」

神父さんが俯きながら言った。それがどういうことなのか、ここに来る前は知らなかったが、今は知っている。施設は病人を治療したり身寄りのない者を保護する場所ではなく、もう助からない者を看取《みと》る場所であるということを。そこに入れるということは、そういうことだ。

「ラルフがどんな生活をしてきたか分からないが、連れてきてくれてよかったと思うよ。少なくとも施設では食事も出るし、これから冬だからね」

ここに連れてきたのが正解だったのか悩んでいるのを読んだかのように、神父さんは言った。

「クルトは昔からそうだった。自分が苦しい状況でも周りを助けられる。簡単なようで難しい。素晴らしいことだよ」

「そんなことは……」

「残念なことに、孤児が犯罪に手を染める確率はとても高い。クルトも外で暮らして分かっただろう？　孤児がどんな目で見られているか」

痛いほど分かった。孤児は疎まれる。だから仕事も得られないし、結局まっとうな方法では食べることができず犯罪に手を染めていく。犯罪を犯す孤児は一般市民にとっては危険な荒くれ者と認識されてしまい、疎まれる。その連鎖が続いている。

「ラルフも大変だったんだろうね。彼もここにいた時は優しい子だった」

神父さんは悲しそうな目をしていた。

孤児といっても、ここの教会出身者もいれば、別の施設の者もいる。ここは恵まれているが、もっと貧しい孤児院もあると聞く。

今の孤児たちを見ていて思う。みんな、いい子なのだ。この子たちのうち何人がまっとうな生活ができるのだろう。かつての孤児仲間たちは今、どんな生活をしているのだろうか。

「クルト、よく戻ってきてくれた」

犯罪を犯す前に、とは言わなかった。だけどそういうことだ。

まだ俺は大丈夫だと、そう言われた気がした。

翌日から、俺は孤児院の世話や雑用の合間に街に出て、職業紹介所に足を運ぶようになった。

元孤児ということは伏せた。かつて正直に打ち明けたら、即追い出されたことがあったからだ。

住み込みで働けるところを探したけれどなかなか見つからず、低賃金で安定しないバイトばかりだ。それでも仕事があるだけいいと思い、片っ端から応募した。


教会の世話になるようになってひと月ほど。

俺は教会で寝泊まりしながら孤児の世話と雑用の他に、日雇いのバイトに出るようになった。

もうすぐ冬になるこの時期、多くの農家では冬を越えられない家畜を潰して加工しておく。その手伝いという仕事が多くあった。賃金は低いが、たまに肉の切れ端をもらえたり、食べさせてくれたりもする。俺にとっては美味しい仕事だった。

その他はトイレの汲み取りだったり、ドブの掃除だったり。やりたがらない人が多く、さらに低賃金という仕事は人気がなく、高確率でありつけた。

俺はなんでもやった。職業紹介所にもしょっちゅう通っていたので、そこのおっちゃんとも親しくなり、次第に日雇いながらも条件のよい仕事を渡してくれるようになった。

「お前はちゃんとやり遂げてくれるからな」

おっちゃんはニヤッと笑った。条件のよくない仕事は途中で投げ出す人も多いそうだ。俺はどんな仕事でも最後までやった。だから安心して任せられると言ってもらえた。

ふた月ほどそんな生活を続けたある日、ラルフが死んだ。たまにお見舞いに訪れたが、最後に会った時、ラルフはもう俺のことを認識できていなかった。「よく保った方だよ」と施設長の神官は言った。

季節は冬になっていた。ラルフの気持ちは分からない。だけど、この凍える寒い外でなくてよかった、きっと。自分に言い聞かせるようにそう思った。

無性にパン屋のおじさんとおばさんに会いたくなった。おじさんたちは自分たちの店を潰した犯人が死んだと聞いて喜ぶだろうか。俺がこうして施設に連れてきたことを、余計なことと思うだろうか。

それでいいんだと微笑んで頷いてくれる。俺の願望かもしれないが、そんな気がした。

◆◇◆◇◆

春に近づいてきた朝。まだ冷たい水で洗濯をして、いつものように緑の屋根の職業紹介所に向かった。冬の間は日雇いすら少なく、こうして紹介所に足を運びながらも仕事がない日が多い。今日もそうだろうと思いながら扉を開けると、おっちゃんがすぐに手招きしてきた。

「お前、読み書き計算はできたよな？」

「一応は。簡単なものしかできませんけれど」

「お前によさそうな求人がきたんだ。雑用係だが、読み書きができる人を探しているらしい」

そう言って見せてくれたのは貸金業を営む店からの求人だった。その店は、一般の人からもお金を集めて必要なところに貸す、という形態で成長している店なのだそうだ。

「どうだ？　応募するか？」

「もちろんです。お願いします」

俺はその店に採用された。

仕事内容は雑用だったが、今までよりもいろいろなことを指示された。掃除、ゴミ出し、商談スペースの準備をして、荷物や手紙を運送屋に渡す。読み書きが必要だったのは、書類の準備を任されることがあるためだった。「これと同じものを書いて」と書類と白紙、ペンを渡された時には、初めての文字を書くという仕事に心が躍った。

日雇いと違い、安定して給料を得られるようになった。多くはないそれを貯めて、働き始めて3カ月、ようやく小さな部屋を借りることができ、教会を出た。ずっと教会にお世話になり続けるわけにはいかなかったから、ホッとした。

仕事は順調だった。雇い主のおじさんにも気に入られていた、と思う。

でもそれは、ある日呆気なく崩れた。

雇い主に呼ばれて部屋に行くと、難しい顔をした彼が言いにくそうに口を開いた。

「クルト、孤児だったというのは本当か？」

あぁ、きてしまった。そう思った。俺は「はい」と答えた。

違いますと言えばよかったのかもしれない。だけど言えなかった。言ったところでもう裏を取られていたかもしれない。雇い主は大きく息を吐いて「そうか」と言った。

「この仕事は信用が全てなんだ。孤児がいる、というだけで盗まれるのではないか、という不安が生まれてしまう。そうなれば預けてくれる人がいなくなり、最悪、店が潰れる」

その気持ちはよく分かった。パン屋にいた頃も、そういった苦情が来たからだ。

「すまないが、雇い続けることはできない」

素直に「はい」と頷いた。仕方のないことだ。「孤児だと？　ふざけんな」と追い出されることもなく、「騙《だま》したな」と怒鳴られることもなかった。それに比べたら、親切だと思う。

「クルトに悪いところはないんだ。十分以上の働きをしてくれた。だから本音を言うならばこのままここにいてほしい。だけど駄目なんだ」

「そう言ってくださって、ありがとうございます」

俺が微笑むと、雇い主のおじさんは驚いたように顔を上げた。

「……ひどい奴だと思わないのか？」

「思いませんよ。悔しさはありますけれど、お気持ちは分かりますから」

「お前、これからどうするつもりだ？」

「あてはありません。また紹介所に足を運びますよ」

おじさんは目を丸くして俺をまじまじと見た。俺はいたたまれなくなって目を逸らした。

「あと数時間だけ勤務を許していただけませんか？　今日やるべきだったことが終わっていないのです。それが終わって荷物を片付けたら出ていきますから」

「……あぁ」

「お世話になりました」

俺は深々と頭を下げた。悔しかったけど、なるべく悲痛な顔にならないように気を付けた。

「クルト、1週間後にここに来い。残りの給料を用意しておく」

その日の仕事を片付けると、俺は自分の部屋に戻った。職を失ってしまったから、家賃が払えなくなる。だけど教会に戻ることもできない。はぁと大きくため息をついた。だけど、これまで解雇される度に感じていたような絶望はなかった。少なくとも雇い主のおじさんは俺のことを認めてくれていた。辞めさせなければならないことを悔しそうにしてくれていた。孤児を疎む人ばかりじゃないことを、俺は既に学んでいた。

きっと紹介所に行けば、またあのおっちゃんが「もう戻ってきたのか」と心配するような呆れたような顔をして笑うだろう。俺は「戻ってきちゃいましたよ。それで、いい仕事はありますか？」って聞くだろう。苦笑しながら。

それでいいわけじゃないけれど、それでいいことにしよう。

そう思いながら寝て、翌日紹介所で、想像した通りの光景が再現されたのだった。

1週間後、俺は言われた通りに給料をもらいに行った。辞めさせられる時には残りの給料なんて払われないのが普通だったから、とても親切だ。

「よく来たな。まぁ座れ」

給料をもらってお礼を言って去るだけの予定だった俺は、座れ、という予定にない事項を言われて戸惑った。雇い主だったおじさんが対面に腰掛け、言われた通りに俺も座る。

「次の仕事は決まったか？」

「……いえ」

「そうか、それはよかった」

何もよくないぞ。

「あぁ、すまない。言い方が悪かった」

おじさんがニコニコしながら俺に差し出したのは、紹介状らしきものだった。宛名に俺でも知っている、大きな商会の名が書いてある。

「私からの贈りものだ。受け取るかどうかは君次第だけれど、まずは最後まで読みなさい」

書類に視線を落とす。そこには驚くべきことが書かれていた。商会に俺を推薦する、と。

「え？　あの、これ……」

「いくつかの取引先に君の話をしてみたけど、いい返事をもらえたのはそこだけでね。雑用係だけど、あそこは仕事が幅広いから、いろんな経験ができるんじゃないかと思うよ」

俺が元孤児であることも伝えたうえで、おじさんがそう言うならば、と聞いてくれたのがその商会なのだそうだ。元孤児という肩書の俺に興味を持ってくれるところがあったことは驚きだったが、それ以上におじさんが俺の職を探してくれたことに驚いた。元孤児がここにいた、という事実を知らせるのは、たとえ信頼できる相手だったとしても危険しかないはずなのに。

「まぁまだ採用と決まったわけじゃないが、悪い話ではないと思う。どうだろうか？」

悪い話なわけがない。むしろ最高だ。

「ありがとうございます！」

俺はガバッと立ち上がり、何度も、何度も頭を下げた。


紹介状を握りしめて向かった商会で、俺はあっさりと採用された。それだけおじさんの信用は厚かったのだろう。俺が元孤児と知って受け入れてくれるのはパン屋以来のことだ。

それから俺は、仕事の日はきっちり働き、休日は教会で孤児の世話をする日々を送った。仕事は順調だった。どんな雑用でもヘドロまみれのドブ掃除や暴れ回る家畜を押さえつけるより楽だったし、新しいことをするのが楽しかった。何より元孤児だとバレる心配をしたり、嘘をついているような罪悪感を抱えずにいられるのが嬉しかった。

定期的な収入を得られるようになると、少しの貯金もできるようになった。俺はせめてもの恩返しに少額ながら教会に寄付しようとしたが、シスターには受け取ってもらえなかった。

「まだ何があるか分からないのだから、貯めておきなさい。大富豪になった時は頼むわね」

この頃から俺は貸本屋に通うようになった。高級品である本は買えないけれど、貸本ならば手が届くようになった。俺は本を読んで新たな知識を身につけていった。

仕事でも人と接する機会が増え、その人の得意なことや経験を教えてもらった。花を買いにいっては花屋に花のことを、菓子屋に菓子のことを聞いた。好きなことや得意なことの話であれば気持ちよく語ってくれる人が多い。話す人も聞く俺も楽しい。いい関係だった。

そんなある日。

「すまないねぇ、今日はいい桃がないんだよ」

桃好きなお客様へのお土産用に果物屋に買いにくると、お店のおばさんが困ったように目尻を下げた。並んでいたのは傷みかけや形がいびつなものばかり。これではお客様に渡せない。

「お貴族様がまたパーティーだそうでね。いい果物はみんな取られちまったんだよ。まったく、こっちは商売あがったりだよ」

よくある話だ。貴族がこれが必要だと言うと、街からその品物が消える。先日は花だった。店から買ってくれるのならばありがたいけれど、その前段階でごっそり持っていかれてしまうのだと、花屋の店主が嘆いていた。

「売るものがないのに税は払わなきゃならないんだよ。どうしろって言うんだろうね」

おばさんはため息をつく。

「税は増えるばっかりなのに、生活はよくなりゃしない。お貴族様はあたしらが払った税でパーティー三昧《ざんまい》らしいよ。やってられないよねぇ」

貴族の評判は総じて悪い。平民は人にあらず、というのが貴族の考えらしい。

俺は貴族全てが悪いとは思わない。商会のお客様には貴族もいる。俺はまだ直接やり取りすることはないが、上司から聞く限りでは貴族にもいろいろあるらしい。それに、教会の孤児院は貴族からの寄付金で賄《まかな》われていた。それに生かされた俺にとって、貴族は恩人でもあるわけだ。

だけど、もし貴族がそのパーティー1回分の費用を恵んでくれたなら、ラルフは死ななくても済んだのではないか。飢えている人が助かったんじゃないか。そう思うとやるせない。

「おばさん、この桃をいくつかください」

「こんな形だけどいいのかい？」

俺はいびつな形の桃を手に取った。お客様のお土産にはできないが、剥いて切ったものをお茶と共に出すことならできる。

「よかったら、こっちも持ってっていいよ。どうせ売り物にはならないからね」

おばさんは傷みかけの桃をいくつかくれた。傷んだ部分を取ればまだ十分に食べられる。

「口止め料。お貴族様の不満を言ってた、なんてバラされたら大変だからね。内緒だよ」

おばさんは悪戯っぽく笑った。

俺はがむしゃらに働いた。知識を得るのと比例して少しずつ認められるようになっていき、任される仕事も増えた。それに、単純に仕事が楽しかった。

いつからか、俺は孤児であったことを隠さなくなった。上司もそれでいいと言ってくれた。中には元孤児だと知られた瞬間に態度を豹変《ひょうへん》させる人もいる。でも逆に「大変だったね」と労ってくれる人も多かった。ずいぶんと心が楽になった気がした。

俺は人の話を聞くのが好きだったので、愚痴でもなんでも面白く聞いた。そして誰にも言わないので信用されたらしい。最近はいろんな店に行っては愚痴聞き係になっている。

「はい、口止め料」

そしてそう言って、少し古くなったものや売り物にならないものを分けてくれるのだ。

「あぁ、そうだ。こっちもよかったら持っていきな。綺麗だろ？　もう売れないけれどまだ咲くんだよ。クルトの部屋や孤児院に飾ったらいい」

「いいんですか？　ありがとうございます」

俺は花屋のおばさんにもらったお花を持って、孤児院を訪れた。

恩返しも兼ねて、孤児院で自分の知識を教えている。誇れるほどの知識があるわけじゃないが、少なくとも俺の知っていることであれば教えられる。知識があるのとないのでは生活がずいぶん違ってくることを理解していたから、孤児たちには一生懸命に教えた。

気が付けば商会に勤め始めてから10年以上。俺は30歳を越えていた。

この日、俺の人生で最大の幸運が舞い込んできた。

いつものように孤児院で教えていると、神父さんに呼ばれた。入った部屋には柔らかい顔をした神父さんと、明らかに貴族であろう男性がいた。

「君のことは調べさせてもらったよ。もしよかったら、うちで働かないか？」

男性は公爵家当主で、この国の宰相だった。この教会はそもそも宰相の寄付で成り立っており、神父さんとは仲がよかったらしい。公爵家といえば貴族の中でも王族を除き最上位だ。元孤児が貴族の家で働くことも難しいのに、公爵家などありえない。頭が真っ白になった。

「なぜ俺……私が？」

「息子と娘の教育係を探していてね。神父に君を紹介されたんだ。様子を見させてもらったのだけれど、君なら大丈夫かと思ってね」

「きょ、教育……私などに公爵家のご子息方に教えられることなど……」

「あぁ、気負わなくていい。話し相手になってやってくれたらそれでいいから」

話によれば、ちゃんとした教師は別にいるらしい。

ただ、宰相は子供たちに庶民の暮らしも知ってほしいと思っていて、貴族出身の教師ではそれが伝わらないため、庶民の暮らしに詳しい者を探していたそうだ。

恐れ多くも、俺は子供たちの世話係兼話し相手として採用された。

信じられなかった。なんといっても公爵家だ。職場である商会で仕事を辞めることを詫びつつその話をしたら、当然ながら驚かれた。貴族と関わりのある上司たちでもその反応だ。

俺が商会に入ったときからずっとお世話になり続けた上司は、快く送り出してくれた。俺はお礼を何度も言いつつ、必死に涙が出るのを堪えた。

◆◇◆◇◆

初めて目の前にした公爵邸に、俺は言葉を失っていた。

城だ。王宮でないことは分かっている。だけど王宮を目にしたことのない俺からすれば城にしか見えなかった。ここは王都にある公爵家の邸宅で、公爵領にある邸宅はもっと広くて大きいらしい。この上があるとは信じられない。

中を案内してもらったが、もう、開いた口が塞《ふさ》がらない。世界が違うとはこのことだ。ふっかふかの絨毯《じゅうたん》、よく分からないが高いことだけは分かる絵画、割ったら死んでも弁償できなさそうな調度品、本のぎっしり詰まった本棚。一歩進むだけでも神経を使う。

与えられた使用人部屋も、食事の質もマナーも、とにかくみんなすごかった。

特に驚いたことの一つが、使用人たちが厳しいながらも皆親切だったことだ。それぞれ努力して勝ち取ってきたのだろう地位に元孤児が入って、いい気がするわけがない。それなのに誰も俺を蔑まなかった。むしろ公爵家の使用人なのだから妥協は許さないとばかりにマナーや作法、言葉遣いまで、みっちり教え込まれた。使用人の質は公爵家の威厳に関わるらしい。公爵家の使用人という矜持は、俺が思っていたのとは違う方向ですごかった。

使用人たちとの会話の中で知ったことだが、神父さんは宰相の家と繋がりのある公爵家の出身なのだそうだ。宰相とはもともと知り合いだったらしい。公爵家とはいっても庶子だったために爵位を継ぐことはできず、神父になったという経緯があるそうだ。

俺は神父さんに憧れていて、神父さんになるにはどうしたらいいかを聞いたことがあった。その時神父さんが切なそうに笑った意味が今分かった。出身が孤児である俺は、どんなに頑張ったとしてもその地位に就くことはできなかったのだ。神父どころか、おそらく神官にもなれなかった。今考えてみれば孤児だったという神官は、一人も心当たりがなかった。

公爵家には3人の子がいた。5歳の女の子、4歳と2歳の男の子だ。男の子2人はやんちゃざかりで侍女たちも困っていたが、女の子はわずか5歳にして聡明で大人しい印象だった。

俺は公爵家の雑用をこなしつつ3人と過ごした。教育係という名目ではあったけれど、教えるというよりも一緒に遊んだという方が近い。そもそも俺が教えられることなんてほとんどないのだ。でも孤児院での経験から子供と過ごすことには慣れている。わりとすぐに子供たちは懐いてくれ、意外なことに侍女や使用人から一目置かれるようになった。

ある天気のよい日、俺は公爵家の子供３人と一緒に庭の木陰で遊んでいた。

長女のリーゼに花冠の作り方を教えると、彼女はすんなりとものにして編み始めた。５歳とは思えないくらいに手先が器用で、どんどん冠がその姿になっていく。

「リーゼ様は編むのがお上手ですね」

そう声をかけると、彼女は俺を見て嬉しそうに笑い、またすぐに目線を手元に移した。リーゼが楽しそうに編み込んでいく。でもその時間は長くは続かなかった。

「リーゼ様、お勉強の時間ですよ」

侍女がリーゼを呼びにきた。リーゼは一瞬だけ残念そうに手元を見つめ、すぐに立ち上がって侍女についていった。あとに残されたのは、残り少しで完成する花冠。

なんだか切なくなった。本当は「もうちょっとで完成するから」「少しだけ待って」。そう言いたかったんじゃないだろうか。だけどリーゼは何も言わずに侍女に従った。

リーゼはいずれ王子に嫁ぐのだという。そのために学ばなければならないことがたくさんあるそうで、リーゼの「お勉強の時間」は驚くほどに長い。

俺は勉強したくてもできる環境じゃなかったから、最初聞いた時は専任の教師がいてみっち

り教えてもらえるなんて、なんて羨ましいのだろうと思った。だけど限度がある。5歳といえばまだ遊びたい盛りだ。木の枝を剣に見立てて門番ごっこをして走り回り、シスターから雷を落とされるか自分で怪我をするまでがセット、という年齢である。現に4歳の公爵家長男は似たようなことをしている。違うのは門番ごっこが騎士ごっこになったことくらいだ。

この長男にも呼びにきた侍女がいるが、少し安心するのは、彼は「もうちょっと遊びたい」とごねていることだ。

リーゼはわずか5歳にして自分の役割を理解し、必死に毎日の課題をこなしていた。この小さい肩にどれだけのものを背負っているのだろう。特に大きな期待などされずに育った俺には想像もできない。

下の子が少し大きくなると、一緒に街へ出て案内したり、教会の孤児院へ行ったりもした。これは街や平民の子供たちの様子も知ってほしいという宰相の希望だった。

子供たちの中に入ると、普段大人びているリーゼも年相応に楽しそうにしていた。

俺は教会で育ちながら信心深いたちではない。だけど祭壇を見上げて真摯《しんし》に祈った。どうかリーゼが嫁ぐという王子がよい人でありますように、リーゼを大切にしてくれますように、と。

◆◇◆◇◆

リーゼが7歳のある日、公爵家の子3人と一緒に孤児院へ行くと、見慣れない男の子がいた。彼は9歳で、新しく入ったばかりだという。リーゼが部屋に入った途端、彼は立ち上がってこちらにやってきて、すごい顔でリーゼを睨んだ。

「お前、貴族か?」

リーゼが「えぇ」と答えた瞬間。

バチン!

男の子がリーゼの頬を殴った。立っていたリーゼは跳ね飛ばされて床に崩れた。

一瞬のことで、誰も止められなかった。

すぐにシスターが男の子を取り押さえ、俺はリーゼに駆け寄る。

「なんてことをっ!」

シスターは青くなった。公爵家の令嬢を殴ったとなれば、子供であっても容赦はされない。最悪処分される。止められなかった護衛、シスター、もちろん俺にも罰が下るだろう。

そんなことよりも俺はリーゼが心配だった。殴られた頬はもちろん、いきなり見知らぬ自分よりも大きい男の子に殴られたのだ。ショックを受けていないはずがない。

押さえつけられた男の子は、もがきながら叫んでいる。

「やめろ！　あいつが悪いんだ！　あいつが、貴族が、俺の母さんをっ！」

男の子は泣きながら喚き散らしているが、もはや聞き取れない。そのままシスターに連れ出された。

こちらもリーゼの手当をするために別室に移る。

リーゼの頬は赤く腫れていたものの、幸い怪我の程度としては軽いようだった。顔に痕が残ったらと思うとゾッとしたが、それは大丈夫そうだ。

シスターが悲痛な顔でリーゼの前で跪《ひざまず》いた。

「リーゼ様、申し訳ございませんでした。彼にはきつく言い聞かせておきますので、どうか、どうかご容赦を」

「彼に何があったのですか？」

リーゼは静かに聞いた。殴られたというのに、その相手のことを冷静に聞くリーゼに驚く。

シスターは少し戸惑いながら彼の事情を語った。最近孤児院に来たばかりであること、彼の家は貧しく、母しかいなかったこと。税が納められないならばと彼の母親は貴族に連れていかれ、死んだと聞かされたこと。

「あの子を同じ部屋にいさせるべきではありませんでした。こちらの不手際です。今後このようなことがないように、きつく指導いたしますから、どうか彼をお許しください」

シスターは男の子を助けたいようだが、どんな事情があったにせよ、リーゼにいきなり殴りかかったのは事実だ。俺としても彼が処分されるような事態は望まないけれど、何も罰がないというわけにはいかない。

それに、単純に何もしていないリーゼが殴られたことに、俺は怒りを感じていた。リーゼは毎日必死に努力している。彼とは初対面だ。なのになぜリーゼが殴られなければならない。

リーゼは黙って最後まで聞いていた。そして小さくため息をついた。

「そうでしたか。わたくしのこの頬の痛みよりも、ずっとつらいでしょうね」

殴られた頬にそっと手を当て、リーゼは悲しそうな顔をした。

「貴族が彼のお母様に何かしたというならば、わたくしにも責任があるのでしょう」

「リーゼ様は何もしていないではありませんか。いきなり殴られたのに、許すのですか」

思わず強い口調になった俺に、リーゼは一度顔を向けた。

「彼も何もしていなかったのに、いきなり奪われたのでしょう？　わたくしがこの程度のことを許せないというのであれば、彼は一生憎しみだけを抱えて生きることになります。わたくしは、それが心配です」

俺だけじゃなく、シスター、その場にいた数人の大人たちが皆、ハッと息をのんだ。これがわずか7歳の少女の言う言葉だろうか。

リーゼは静かに部屋を一度見回した。それから目の前のシスターを見つめた。

「わたくし、ぼーっと歩いていたら柱に頬をぶつけてしまったのです。でもすぐに手当をしてくれましたから、もう大丈夫です。心配かけましたね」

そういうことにしなさい。そんな圧力を含んだ言い方だった。

リーゼは公爵令嬢として、いずれ王族に嫁ぐ身として、厳しい教育を受けている。その成果か、それとも持って生まれたものなのか、7歳にして既に圧倒的なオーラをまとっていた。貴族らしい微笑みには人を惹きつけ従わせる力があったし、凛《りん》とした姿勢は上に立つ者であることを疑いなく示していた。

リーゼは自分の立場をよく分かっていた。自分を殴った子がどうなるのかも理解していた。だから、頬が赤いのは自分の不注意だということで、彼とは何もなかったと示したのだ。

胸が震えた。この気持ちをどう表現したらいいか分からない。完敗だった。物事の側面だけ見て怒りを覚えていた俺とは全く違う。リーゼはその小さな体の中で、驚き、恐怖、怒り、悲しみ、そういった感情を消化して、冷静に必要な判断を下した。

この方が未来の王妃か。

そう思ったら、未来に希望が持てる気がした。ちょっと神がかったようにさえ感じたのは、ここが教会という場所だからだろうか。

その夜、俺はリーゼの父である宰相に呼ばれた。

「何があった？」

たった一言で俺の全身から冷や汗が吹き出した。

宰相は基本的には温厚で、理不尽な怒り方をしたり、意味もなく罰したりするような人ではない。だけど必要ならば冷徹に判断を下す。国を治める方には必要な要素なのだろう。

この方には絶対に勝てない、逆らえない。本能的にそう察するような凄みがあった。

俺は怖いという気持ちを隠しながら、見えないところでぎゅっと自分の拳を握った。

「お話する前に一つだけお願いがございます。私はいかなる罰でもお受けしますが、リーゼ様が守ろうとした者だけは、どうか寛大なご判断を」

「話を聞かずに約束することはできないが、少なくとも私は子供同士の喧嘩《けんか》に口を挟むつもりはないし、権力で解決しようなどとは思っていないよ。私はリーゼのことを知っておかねばならない。話しなさい」

宰相は俺の主だ。口を噤《つぐ》むわけにはいかなかった。俺は洗いざらいあったことを話した。宰相は時折疑問点を口に出しながら、最後まで感情を揺らすことなく聞いていた。

話が終わると宰相は席を立ち、そのままリーゼの部屋に向かった。扉が開き宰相に気が付いた瞬間、リーゼは一瞬だけ動揺したように見え、それから何事もなかったかのように挨拶の言葉を口にした。

「お父様、何かございましたか？」

「柱に頬をぶつけてしまったそうだな」

「……はい。少し考えごとをしてしまったのです」

リーゼは取り繕《つくろ》っているものの、緊張がにじみ出ていた。声色が固く、宰相と目を合わせようとしない。宰相はリーゼの頬にそっと手を当てた。リーゼがビクッと身体を強張らせる。

「気を付けなさい。今回は頬が腫れる程度で済んだからまだよかったが、もしもっと大きな怪我やリーゼに傷痕が残るようなことがあれば、柱を切り倒さなければならなくなる」

リーゼがハッとしたように宰相を見上げた。

「いくらお前が自分でぶつかったのだと言ったところで、そこにあった柱が悪いことになる。お前はそういう立場だ。分かるね？」

グッと口を結んでリーゼが頷くと、宰相はふっと息を吐いて肩の力を抜いた。

「柱には傷がつかなかったか？」

リーゼは少しだけ迷って、小さくコクリと頷く。

「そうか、ならばよい。痛かったな。リーゼ、よくやった」

頬に当てられていた父の手がリーゼの頭に優しく置かれた瞬間、リーゼの目から涙が零れた。

怖くなかったはずがないと思う。いきなり殴られたこともだけれど、殴った子が処分されるかもしれないのだ。優しいリーゼはどれだけ気を張っていたのだろう。宰相が出ていくと安心したのか、リーゼはわんわんと泣き始めた。その姿はやはりまだ子供なのだと思わされた。

「リーゼ様、よかったですね」

リーゼに笑顔を向けつつ、心の中で殴った男の子を思い浮かべた。

あの野郎、リーゼをこんなに泣かせるなんて、許せん。

あの男の子が助かってよかったと思っているし、もちろん彼に何かしてやろうというつもりはない。だけど俺はどうやらリーゼのように純粋で清い心ではいられないらしい。

「リーゼ様、自分より弱い者に手を上げたり虐めたりする人のことを、平民はなんと呼ぶか知っていますか？」

俺が問いかけると、リーゼは泣く力を弱めて俺を見上げてきた。

「下衆野郎、って言うんですよ」

「げす、やろう？」

「そうです。事情があったにせよ、リーゼ様に手を上げたのはよいことではありません。もし反省せずに繰り返すようならば、あの子は下衆野郎、ということになります」

「げすやろう……」

俺がニコッと笑うと、リーゼも泣きながら微笑んだ。侍女が「そんな言葉教えるな」とばかりに俺を睨んでくるが、結果としてリーゼが泣き止んだのだからよしとしよう。


次に孤児院へ行った時のこと。

神父さんに連れられてきたリーゼを殴った男の子は、リーゼに一生懸命に謝罪の言葉を述べた。きっちり叱られてこってり絞られたのだろう。その謝罪も何度も練習したのが窺えたし、彼自身が反省している様子も伝わってきた。

それを静かに聞いていたリーゼは謝罪が終わるとおもむろに立ち上がり、腕を組んで彼の前に仁王立ちになった。ご令嬢らしくないその姿に皆が「えっ？」という顔になる。

「自分よりも弱い者に手を上げるなんて、げ、下衆野郎、ですわよ！」

良家のお嬢様の口から飛び出た言葉に、聞いていた皆の目が丸くなった。跪かされていた男の子も思わず顔を上げてあんぐりと口を開ける。

「あなたのお母様に手を出したのは、貴族だろうとなんだろうと最低の下衆野郎ですわ。あなたはそんな下衆野郎の仲間入りをしたいんですの？」

ふんす、とリーゼが鼻息荒く言い切ると、男の子はくしゃっと顔を歪めて首を横に振った。

男の子と和解したリーゼは、それからも孤児院に足を運んだ。どうやら平民の言葉遣いにも興味を持ってしまったらしく、孤児たちから教わったり俺が教えたりして使いこなすようになっていった。子供の適応力とはすごいものだ。

俺が平民言葉を教える度に侍女たちは苦い顔をしたけれど、宰相は「言葉の意味を知っておくのはよいことだ」と笑っていた。

◆◇◆◇◆

リーゼが10歳の時、この国の第一王子と婚約した。同じ年に生まれたリーゼと第一王子は生まれた時から婚約が内定しており、10歳を待って正式なものとなったとのことだった。

リーゼが王宮に出向く頻度は高くなり、それと比例してだんだんと笑顔を失っていった。

「殿下はわたくしのことをブサイクと言うの」

「殿下にちゃんと勉強してくださいと言ったら、うるさいと押されて転んでしまったの」

「殿下に仕事をしてくださいとお願いしたのだけど、俺を支えるのがお前の仕事だろうと聞いてくださらないのよ」

ごくたまに、ぽつりぽつりとそんなことを言っていた。俺はどう応えるのがいいのか、見当もつかなかった。直接お会いしたことはないが、王族は皆自分のことしか考えていない浪費家という評判だ。王子も例外ではなく、身分を振りかざし、我儘放題で傲慢だという話を聞いている。そのような相手に嫁がなければならないリーゼを哀れに思った。

「今日もまた殿下にブスと言われたの。見苦しいとも言われてしまったわ。容姿が優れていないことは分かっているけれど、それほどかしら。身なりは整えているつもりなのだけれど」

王宮から戻ったリーゼは気落ちしていた。なんてことを言うんだ、王子。

胸の中に怒りが込み上げるが、返答はとても難しい。「そんなことありません」と言いたいが、それは王子の言葉を否定していることになってしまうからだ。平民が王族の言葉を否定すれば、即座に斬り捨てられても文句は言えない。

「私は、リーゼ様は美しいと思います」

俺の本心だ。見た目だけじゃなくて、心も美しい。断言できる。

「ありがとう、クルト」

リーゼは弱く微笑んだ。


近頃の宰相はいつも難しい顔をしていた。

「民の不満が高まっているというのに、また大規模な夜会だ。たしなめれば今度は地方視察に行くと言い出した。本当に視察なら構わないが」

「遊ぶだけでしょうね。王妃様も派手なことがお好きですから」

奥方とため息をつき合っているのが聞こえた。

呼ばれた俺が「失礼します」と部屋に入ると、宰相は顔を上げた。

「あぁ、クルト。急だが3日後に王家のパーティーに行く。支度を頼む」

「かしこまりました」

「まぁ、夜会とは別に？」

「別だ。お妾様の誕生日祝いだそうだ。何人もいる妾に彼女たちが生んだ子たちの誕生日。それぞれ祝っていたら一体どれだけパーティーをしなければならないんだ」

宰相はため息をつく。

「今一番ご寵愛《ちょうあい》の厚い方だから、私も出席するように言われてしまった。彼女の立場を高めたいのだろう。一応こちら派閥の家柄だから出席はするが、顔だけ出してすぐに戻るよ。まったく、国王が放棄している仕事が山積みだというのに」

もう一度ため息をつく。

パーティー、夜会、茶会、視察、またパーティー。王族の話は、そんな単語ばかり聞こえる。

別の日。その日は王妃の誕生日だということで、王宮で大規模なパーティーが開かれた。王妃の子である第一王子の婚約者なので、リーゼも参加する。俺は御者として宰相夫妻とリーゼを王宮に送り届けた。

チラッとだけ開いた扉から見えたパーティー会場は数々の料理や菓子、飲み物で溢《あふ》れていた。長居はしないので待つように、と指示され、俺は王宮が見える場所で待機していた。中には入れないが、賑やかな音が聞こえてくる。

ふと見上げると、王宮のバルコニーに国王が姿を見せていた。その隣にいる着飾った女性が王妃だろう。かなり遠目に見ているはずだが、誰よりも派手な装いははっきりと見えた。国王は他にも着飾った女性を幾人も引き連れていた。キラキラして見えるのは宝石だろうか。

あれがこの国のトップなのか。

絶望にも近い感情が沸き起こってきた。

仕事もせずにパーティーばかりだという国王と王妃。このために俺たちは高い税を払っているのか。食べられなくて死ぬ人もいる。ラルフのように不遇な人生を歩んだ者もいる。そんな民を、王たちは見ているのか。少しでも考えてくれたことがあるのだろうか。

◆◇◆◇◆

リーゼは15歳になり学園に通い始めた。それと同時に王宮でも妃になるための教育があるといい、それに加えて婚約者の仕事の手伝いもしているらしい。朝早くに公爵邸を出て、暗くなってから帰宅する日々が続いた。毎日疲れているように見えた。

この頃にはリーゼはほとんど笑わなくなっていた。笑うとすれば貼り付けたように貴族らしく微笑むだけだ。それが切なく、つらかった。

リーゼが16歳になったある日、学生のパーティーから帰った彼女の頬が真っ赤に腫れていた。第一王子が婚約者のリーゼをエスコートすることもなく別の女子生徒とたわむれていたので、リーゼがやんわりと抗議したところ、暴言と共に頬を叩かれたらしい。

「もう我慢ならん。陛下に婚約を解消してもらう」

「ですがお父様、それではこの国が……」

宰相はこの国を安定させるために尽力している。たとえ無能な王であったとしても、それを変えるには多くの血が流れる。だからなるべく穏便に王を動かして、民の暮らしがよくなるようにと動いてくださっていた。

リーゼもそれを理解していた。だから暴言を吐いてくる王子でも、その婚約者として国を支えているのだ。むしろ無能な王子を抑えつつ王子に代わって国を治めるという任務がリーゼにはのしかかっており、そのためにずっと過酷とも言える教育に耐えてきたのだ。

俺も理解はしていた。この公爵邸にいれば王族がどういう状態で、宰相がどれだけ苦心しているか、リーゼがどれだけ努力しているか、我慢しているか、手に取るように分かった。何もできないことが悔しかった。

結局、宰相は王に抗議したものの、婚約は継続となった。いくつかの妥協案と共に、王子にはきつく言い聞かせると王は言っていたらしい。宰相はリーゼにすまないと謝り、リーゼも仕方のないことだと諦めていたけれど、俺は悔しくて仕方がなかった。

翌日、王宮から戻ったリーゼは悲しそうな顔をしていた。

「陛下は殿下にお話ししてくださったそうなのだけど、殿下は全く反省する様子がなくって。全てわたくしが殿下の気を引こうとして画策したのだろうと、本当に嫌な奴だと言われてしまったのよ」

「リーゼ様は何も悪くないじゃないですか」

「わたくしはこんな容姿だし、好まれないのは分かっているけれど、この国のために殿下を支えようと努力しているつもりなのよ。どうしたらいいのかしら？　もう分からないわ」

滅多に弱音を吐かない彼女の悲痛な思いが伝わってきて、俺は許せなくなった。こんなに毎日ボロボロになって働いているのに、王子は何をしているんだ。リーゼは王子の婚約者の座など、一切望んでないというのに。

リーゼを犠牲にして、暴言を吐いて暴力を振るって。それが王子のすることなのか？

王子どころか、庶民だって婚約者にそんなことしない。

ただの下衆野郎じゃないか！


俺はリーゼの送迎を口実に学園に張り込み、ついに数日後、王子と接触することに成功した。

さっさと通り過ぎようとする王子に俺は声を張り上げた。不敬は承知だ。覚悟もしている。

「リーゼ様は殿下のために精一杯努力されています。それに対して殿下は一体何をしておいでなのですか。どうか殿下、リーゼ様を……」

「黙れ」

「リーゼ様に手を上げることはおやめください。どうか」

「黙れと言ったのが聞こえなかったのか？　おい、コイツを大人しくさせろ」

「はっ」

言いたいことも言えないうちに、王子の護衛から暴行を受けた。

薄れゆく意識の中で、気が付いた。

あぁ、この王子は、俺だ。

3章　三度目の人生　前編

俺は7歳の時に高熱を出して寝込み、過去2回の人生をはっきりと思い出した。

どういうことだ！　どういうことだ！　どういうことだ？

混乱する頭を押さえて、落ち着け俺、と念じる。そもそも俺は誰だ？

まず自分の手を見た。小さい。それからぐるりと部屋を見回す。そして記憶を探る。それらから推察するに、どうやら今の俺は一度目と同じ第一王子らしい。

息を大きく吸って、なるべくゆっくりと吐き出す。落ち着け、俺。まずはそこからだ。落ち着け、俺、落ち着け。

……無理だよだって何これどういうこと俺誰だよ何この状況えっ何ホントに何？

息を大きく吸って、なるべくゆっくりと吐き出す。さっきからそれしかしていない。よし、少しは落ち着いたかもしれない。まずは頭を整理しよう。そうしよう。落ち着け、俺。

とにかく、まずはまだ短い今世の7年の人生を振り返ってみる。当然ながら生まれたばかりの記憶はなく、あるのはここ3年ほどのようだが、これはひどい。

7歳にして嫌なことがあると癇癪を起こしたり。

嫌いな野菜の入ったスープをわざと零したり。

コーンスープにしない料理人を辞めさせろと命じたり。

婚約内定者にブサイクと言ったり。

虫を捕まえて怖がる侍女を追い回したり。

課題を出してきた教師に、お前の代わりはいくらでもいる、と脅したり。

僕が誰だか分かってる？　とか言ったり。

「ひぃぃ……」

自分の過去の発言に鳥肌が立つ。僕が誰だか分かってるかって？

何も分かっていない傲慢なクソガキだよ！

ここが孤児院だったら叱られて怒られて呆れられて追い出されているぞ、俺。

もう何も思い出すことなかれ、と脳が拒否し始めたが、なんとか気持ちを奮い立たせて恐る恐る一度目の人生の記憶を辿《たど》ってみる。

……クソガキのまま身体だけ成長してるな！

ガキじゃなくなって、もはやクソしか残ってないな！

黒歴史のオンパレードがまるで走馬灯《そうまとう》のように頭を駆け巡り、のたうち回りたい気分になる。

「あああぁぁぁ」

頭を掻《か》きむしった。そして寝台から転がり落ち、壁に頭を打つまで転がった。侍女に叫ばれた。

なんてことだ。ひどすぎる。俺、ひどすぎる。人として駄目。もう、駄目、俺。

恥ずかし死ぬとはこのことだ。感情が爆発して泣いた。侍女はおろおろと医者を呼びに行った。


それからベッドの中で悶《もだ》えること1日。

俺の気持ちは少しだけ落ち着いた。もとい、落ち着かせた。こんなことをしていても意味はないんだ。どうするかを考えなければいけない時なのだ。俺の黒歴史などどうでもいい。今ならまだ間に合うことも多いはずだ。

やるべきことはいろいろあるが、まずは体調を整えることが第一だ。高熱の影響か、まだ身体が怠くて仕方がない。

「殿下、お食事をお持ちしました」

「ありがとう」

「えっ？」

お礼を言ったらビビられた。

俺の体調に合わせて作ってくれた料理が並ぶ。柔らかく煮込まれたスープが身体に染みた。

「ご馳走様でした。美味しかった。料理人にもお礼を伝えてくれる？」

そう言ったら、飛び出しそうなくらい目を丸くした侍女にまた医者を呼ばれた。医者は首を傾げながら「高熱の影響か？」と考え込んでいた。

あまり態度が変わりすぎると周りが心配するらしい。それはよくないと思い、以前のように接しようかとも考えた。

できるはずがなかった。

どこもかしこも偉そうな態度しか取っていない。食事を持ってきた侍女に「こんなの食べられると思う？」などとのたまい、世話してくれようとした侍女には「そんなことも分からないの？」とこれみよがしにため息をつく。分かってないのは、どこをどう考えても俺である。

試しに侍女が下がった隙に、ベッドの上でそっと以前の自分を真似てみた。

「俺の言っている意味分かる？　辞めさせられたいの？」

……あああぁぁぁ無ぅ理いいぃぃぃ！

ゴン、と頭を打ち付けたつもりだったけれど、ベッドは柔らかく俺の額を受け止めてくれた。やるせない。この顔に湧き上がってくる熱をどう消化したらいいのだろうか。

都合のいいことに、俺が変わった原因については不明としながらも、高熱の影響だろうと医者が言った。そう、高熱のせいである。そういうことになった。

「高熱は心配しましたけれど、殿下は熱を出してお変わりになられましたね」

侍女が喜ばしそうに言う。

そりゃ、俺よりも偉いのは国王である父だけだ、とふんぞり返っていた俺が、全人類の底辺は俺です、とか思うようになったのだ。俺以外の全員が素晴らしい人に見える。輝いて見える。自己肯定感の塊から一転、現在は自己肯定感ゼロである。同じでいられるはずがない。

「今まですまない」

心の中では「申し訳ございませんでしたあぁぁぁ」と床に額をこすりつけているが、さすがに王子の立場でそれをやったら侍女が困る、ということを学んだ。目覚めた翌日にやったら、俺が乱心したと思われたらしく、ちょっとした騒ぎになったからだ。

「いいえ、とんでもないことでございます」

侍女はそっと目元を押さえる。本当に申し訳なさすぎて、どうしていいか分からない。

俺は何をするべきか考えた。

今この瞬間にも危険な場所で働いている人がいる。道端で死にかけている人がいる。犯罪も起こっているだろう。税に苦しむ人がいる一方で、その税で華やかなパーティーが開かれ、山のようなご馳走が振る舞われている。

「止めなきゃ」

焦燥に駆られてベッドを下りると、ふらりと目眩《めまい》がした。

「殿下！　大丈夫ですか？」

侍女が俺を支えてくれ、またベッドに戻された。

「駄目ですよ、まだ安静にしていなければ」

「どうかしたの？」

ちょうど母が見舞いに入ってきた。父が見舞いにくることはないが、母は時折訪れてくれる。

「王妃様、申し訳ございません。殿下がベッドから下りて、よろめかれまして」

「あら大変。大丈夫？　あなた、ちゃんと見ていないと駄目じゃない」

母が侍女に鋭い眼差しを向ける。

「違うんです、母上。退屈になっちゃって、僕が勝手にベッドから下りたんだ」

「まぁ。侍女を庇うなんて、クラウスは優しいのね」

母は俺の額に手を当て、熱は下がったようね、と呟いた。父とは関わりがあまりないが、母は俺に優しい。母ならば俺の言うことを少しは聞いてくれるかもと思った。そう信じたかった。

「母上、街には死にそうになっている人がたくさんいるんだ。住むところがなくて、食べるものもなくて、冬は凍えてる。なんとかしなくちゃ。母上、彼らを助けて」

「街に？　クラウスは街へ行ったことがほとんどないでしょう。なぜそんなことを？」

「……熱が出た時に、夢で見たのです」

俺は必死に彼らを助けてほしいと訴えた。だけど母は呆れたように俺を見るだけだった。

「怖い夢を見たのね。クラウスが気にすることではないわ。ゆっくり休みなさい」

そう言って優しく俺の頭を撫で、出ていってしまった。

その後も母が来る度に言い方を変えて訴えてみたけれど、全く取り合ってもらえなかった。母にとっては一人の平民の命より、今日の自分の髪型の方が大事だったし、どの宝石を身に着けるかを決める方が重要だった。


俺は数日間、世話をされ、食事を出され、あとは寝ていることしかできなかった。母以外の誰かに訴えようにも、訴える人もいない。そもそもほとんどの時間を王宮で過ごしている俺が外の様子を知っているはずもなく、伝えようもなかった。

今苦しんでいる人がいることを知っているというのに、何もできない。悔しかった。

俺は苦笑した。孤児院にいる7歳の子供なら、幼い子の面倒を見たり掃除をしたり洗濯をしたり。やることはいろいろあって、少なからず役に立っていた。それが今はどうだ。ふんぞり返って偉そうにしていた7歳の俺は、実際のところ一人では何もできない無力な子供だった。

だけど今の俺は、諦めたら終わりだということを知っている。

「よしっ！」

俺は自分に気合を入れた。そして勢いよくベッドから立ち上がり、数歩進み、倒れた。

「きゃあぁぁ、殿下っ！」

顔を青くした侍女に戻される。記録、7歩。

「何してるんですか！　安静にと申しましたでしょう？」

「昨日より進めたと思わない？」

俺がニヤリと笑うと、侍女は呆れて言葉も出ないといった顔をした。

「そういうことではございません。毎日無理をして長くベッドにいることになるのと、安静にして早く治すのではどちらがよいと思いますか」

「ぐっ……」

全くもってその通りだった。


目覚めて数日。精神状態は安定したとは言えないが体調は安定し、教師がやってきた。

現在の教師はおじさんとおじいさんの間くらいの年齢で、珍しく半年以上粘っている方だ。

次々と俺の教育を諦めて辞めていく中、俺のひどい癇癪《かんしゃく》と我儘にもめげない貴重な人材である。

目覚める前の俺はこの教師が苦手だった。彼はニコリともしないし、俺の言うことを聞かないし、俺の機嫌を取ろうともしないし、何よりいつも正論で責められるのが嫌だった。でも今はこのおじさんが輝いて見える。いろんな知識を蓄えた素晴らしき御人なのだ。どんな話が聞けるのかとわくわくする。

蛇足だが、彼の頭皮は実際に輝いている。

今日の彼は本をたくさん抱えていて、俺の前にドンと積んだ。

「こんなに？」

単純に驚いて出た言葉に、教師は厳しい顔になった。

「えぇ、殿下でも読める本を集めてきました。殿下が本を好まないのは承知しておりますが、毎日少しずつ読むと単語の勉強にもなりますし、読解力も……」

教師の言葉を聞きつつ、本を数えてみる。どれも薄いが、7冊もある。7冊だ。二度目の俺は一度に1冊しか借りることができなかった。それが薄いとはいえ、なんと一気に7冊である。

「すごいな」

一番上の本を手に取って開いてみた。紙がまだ新しい。

「おや、殿下。開いてくださったのですね。どうですか？　絵も素敵でしょう。これは殿下のために新しく作った本なのですよ。読んでみたく……」

ペラ、とページをめくると教師の声が遠のいていった。代わりに絵と文字が飛び込んでくる。

この本は絵がメインの小さな子向けの絵本だった。文は1ページあたり1行か2行しかない。当然今の俺には簡単すぎる内容で、すぐに読み終えてしまった。

もっと読みたい。

俺はその本を横に置くと、2冊目を手に取って開いた。こちらも似たような絵本で、すぐに読み終えた。3冊目を手にしようとした時、その3冊目を教師が取り上げ、開いて俺の前に置いた。いきなり取り上げられて俺はムッとする。

「殿下、この本は絵だけを見るものではないのですよ。ここに文が書いてあるでしょう？」

何を言っているんだ。当然じゃないかと教師を睨んだ俺に、彼は衝撃的なことをし始めた。開いた本の単語に指を当て、単語ごとに指を動かしながら、ゆっくり読み上げたのだ。

「ある、ところに、いっぴきの、ねこが、いました。この文はそう書いてあります。読める単語はありましたか？」

俺は青くなった。大変だ。今の俺は、ごく簡単な単語すら読めていなかったのだ。

記憶を探ってみると、文字の読み書きはなんとかできるようになっていたらしい。だけど単語の勉強はサボりまくっていた。そもそも大人しく椅子に座って勉強した記憶が全くない。

「えっと……。ねこ、は分かる」

咄嗟《とっさ》にそう言った。全部分かるとはとても言えない。

「そうでしたか。では他の単語も勉強していきましょうね」

「……はい、先生」

マジか。俺はショックだった。7歳でしっかりと専任の教師までついているという待遇でこの文が読めていないとはどういうことだ？　混乱して疑問形になったが、理由は明確である。

俺が愕然《がくぜん》としていた時、教師もまた愕然としていた。

「せん、せい……？　殿下、私のことを先生と呼びましたか？」

記憶を辿ってみると、確かに「先生」と呼んだことがなかった。「お前」とか「おい」である。最悪だ。

「それに、ようやく本を読む気になってくださったのですね」

教師は嬉しそうに微笑み、目元を押さえた。教師のそんな柔らかい顔を見たのは、記憶を探っても初めてのことだった。

俺は教師の言うことをよく聞いて、思いっきり勉強した。教師からも熱を出してから別人になったと言われた。まぁ、間違っていない。

それにしても、これだけ学ぶ環境が整っているってすごくないか。

二度目の人生では本を手に入れるのにも苦労したし、ましてや教師がいてすぐに質問できるなんてことはなかった。一度目の俺、どうして気が付かなかった。教師から逃げ回ってサボってばかりだったあの頃の俺を殴り飛ばしてメッタメタにしてやりたい。

俺は本を読みまくり、乾いたスポンジが水を吸うように単語を吸収していった、ということになっている。熱を出して天才児に進化したと思われている。いたたまれない。実際は二度の人生の知識があるだけで、天才にはほど遠い。何も知らないふりをして「先生、この単語はどういう意味？」とか聞いて、先生は嬉しそうに教えてくれるのである。罪悪感しかない。

今の俺にできることは、ひたすら勉強して知識を蓄えることだった。俺はこの環境を思う存分利用した。基本的には毎日教師が来るので、聞きたいことはなんでも聞いた。教師がいない時間には城の図書室へ行った。二度目の人生で渇望した本だらけの空間だ。素晴らしい。

二度目の俺はそれなりに勉強したし本も読んだと思う。だけどここはレベルが違った。そもそも平民が勉強できることと貴族として学ぶことは根本から全然違った。国の歴史、地理、領地ごとの特色や特産物、それを治める貴族、派閥。一度目の人生は王子だったから、有力貴族の名前くらいは知っていた。だけどその貴族がこの国においてどのような位置にいるのか、全く分かっていなかったと思い知らされた。

学ぼうと思えば際限がなかった。そしてそれが手の届く範囲にあるのが素晴らしかった。

◆◇◆◇◆

熱を出して倒れてから3カ月ほどが経ったある日。王宮はいつも以上に華やかに飾られ、門には豪華な馬車が次々と到着していた。

俺はまだ7歳だから、普段はパーティーに参加することはない。しかしこの日は例外だった。父である国王の誕生日を祝うパーティーなのだ。

新しい衣装に身を包み会場に入ると、眩いばかりに光を反射している大きなシャンデリアと金の装飾が目に入った。この豪華な空間に、ご婦人方のまとう色とりどりのドレスと宝石が華を添える。目が眩《くら》む。

「第一王子殿下よ」

「ごきげんよう、殿下」

会場を歩くと、俺に気が付いた貴族たちが礼をとる。7歳の子供である俺に大人が頭を下げるのはいたたまれない気分になるが、この時ばかりは偉ぶっていたクソガキを思い出して、尊大に振る舞ってみせた。内心はバクバクだ。

まだ誰も座っていない玉座の近くに宰相夫妻がいるのが見えた。

いた、宰相だ！

俺の心臓がうるさく跳ねる。この国の最重要人物であり、俺の命運を握る男。一度目の敵であり、二度目の主人でもあり、そして今世でも絶対に避けて通れない人だ。

挨拶に行こうと顔を上げた時、国王の入場を知らせる音が響いた。扉の前に正装の国王と王妃が姿を見せると、集まった貴族たちがさっと避けて道を作る。王と王妃は悠然とその道を歩き、王は玉座に、王妃はその横の王妃のための豪奢な椅子に腰掛けた。

俺の役割は王子として父の誕生日を祝う言葉を述べることだ。そのために何度もその言葉を練習させられた。母である王妃に続き、父王の前で礼をとる。

「父上にお祝いを申し上げます」

父はふっくらとした顎を撫でながら、柔和な笑みを浮かべていた。挨拶は問題なく終わり、俺が下がると、王族や貴族たちが順に父の前を訪れてお祝いを述べていく。

祝いの言葉が終われば優雅な音楽が奏でられるようになり、豪華な食事の時間になる。食べきれない量の料理に、まるで湯水のように振る舞われる高級な酒。

……イラつく。

きっとこの感情は一度目の鉱夫の俺のものだ。

『いくら働いてもこっちの生活は全然よくならないっていうのに、お貴族様や王族様方はそのお金で優雅にパーティーだ』

ハッと鼻で笑った親方の顔が目に浮かんだ。

パーティーの間中、必死に顔を取り繕うのが今の俺の仕事だった。

まだ子供の俺は、早々にパーティーから部屋に戻された。その夜、俺はベッドの中で隠れて泣いた。本当に忌々しかった。

あの母や大勢の妾のドレス一着は、鉱夫だった俺の給料何年分だろう。父の誕生日というたった一日のために使われた金額は、一体どれだけの人が一生をかけて稼いだ額に相当する？

これがごく当たり前だと思っている王族たち、一部の貴族、そして親方が言った通りのパーティーが目の前で行われているのに何もできない自分。夜になった今もきっとパーティーは続いている。悔しかった。


翌日、俺はいつものように机に向かっていた。勉強のための本を開いているのに、昨日のパーティーの様子が浮かんでくる。イライラして勉強が手につかない。一番駄目なやつである。

一度深呼吸してみた。俺は一体どうしたらいいのだろう。

このまま行くと、王族は宰相に討たれることになるという未来を俺は知っている。民のことを顧みずに自分のことばかり考えている王族がなくなることには何も思わないが、そのために血と金が流れるのは避けたい。結局犠牲になるのは民なのである。

俺は玉座に座りたいわけではないが、生まれた時点で俺の前にはそこへの道が敷かれている。

もし俺が拒絶したらどうなるだろう。誰か俺以外で玉座につける者はいただろうか。父の兄弟は似たり寄ったりだし、異母弟たちも王の子という身分を笠に着て遊び歩いていた印象だ。

……いないな！

王族め、どいつもこいつもクズだな。

その筆頭は、俺だ！

「あああぁぁぁ」

机に頭を打ち付けたら、侍女に泣かれた。俺は泣く価値のある男じゃないぞ。

ん？　違うな。俺が傷つくと罷免《ひめん》される恐れがあるから泣いているのか。

自意識過剰。あああぁぁぁ。

「で、殿下っ、落ち着いてください」

侍女が濡れた布を打ち付けた頭に当てる。頭が物理的に冷えて少し落ち着いた。

一度目の人生で俺が去ったあとの王宮の様子は分からないが、おそらく宰相は別の誰かを次期王として担《かつ》いだはずだ。結局上手くいかずに宰相は王族を討った。ということは、そういうことだ。王族は皆駄目で、このままいけば俺も討たれる、と。

……大変じゃないか！

今度はさぁっと全身が冷えた。先ほど頭を冷やしてくれ、今も頭にのっている布が冷たくて仕方がない。風邪を引きそうだ。いや引いてる場合じゃない。

幸い今の宰相には、まだ王を討つ気はない。

きっと宰相が願っていたように、俺が穏便に玉座を継ぎ、王族のあり方を変えていくのがいいのだろう。鉱山の仲間たちや街の人たちの顔が浮かんだ。皆が苦しむ姿は見たくない。こんな俺がよき王になれるかは分からない。だけど、なるしかないのだ。

王になるにあたって、どうしても避けられないことの一つが婚姻だ。俺が王となって国を治めることを考えた時に、王妃の座につく者として思い当たるのは一人しかいなかった。

リーゼ。

一度目の人生で俺がひどい扱いをし、最終的に婚約破棄を突きつけた相手だ。彼女との婚姻は気が引けた。どう考えたって俺と一緒にならない方が彼女にとっていいはずである。だって俺だ。なにせ俺なのだ。

だけどリーゼは宰相の一人娘で、彼女の持つ後ろ盾は大きすぎる。別の貴族に嫁いで宰相の派閥が大きくなれば、王族は崩れて争いが起きる。異母弟にでも嫁いだら、彼が王に担ぎ出されるだろう。一度目の人生で父王が、リーゼを妻にしたものが次期王となる、と言った通り、それだけの力を彼女は持っているのだ。

彼女との婚姻が大事なのは、今ならば非常によく分かる。王になって安定して国を治めるためには、リーゼ以外にはありえなかった。

リーゼとは婚約内定中だ。10歳になったら正式な婚約を結ぶことになっている。生まれた瞬間に婚約が決まったようなものだったから、記憶を探れば7歳の今までに何度も顔を合わせているようだ。その度に俺は、意地悪なことを言っている。ブサイクとか、お前と婚約なんて嫌だとか。あぁ、過去の俺を殴り飛ばしてギッタギタにしてやりたい。

◆◇◆◇◆

今日はこれから定期的に設けられているリーゼとの対面だ。俺にはリーゼが必要だ。いや、この国のために必要なんだ。だから、リーゼには申し訳なさすぎてもうどう詫びたらいいか分からないけれど、どうか俺の手を取ってほしい。

一生尽くすから！

たとえ彼女に恋愛的な意味で好意を抱けなかったとしても、俺の人生全部をかけて幸せにするから！

ガチャリ。

扉が開いて、リーゼが入ってきた。彼女は俺を見て驚愕《きょうがく》の表情を浮かべた。俺が遅刻するのが普通だったから、先にいたことに驚いたのだろう。そして彼女はグッと緊張した顔になった。

背中がゾクッとした。どうしてか息が詰まって、顔に熱が集まってくる。

「殿下、お待たせしてしまったようで申し訳ございません」

ふわりとドレスの裾を翻して丁寧にお辞儀をする。まだ小さいのに完璧に優雅な姿に目を奪われ、胸が震えた。

……可愛いな？　えっ、可愛いな。

気が付くと息が止まっていた。意識して呼吸を再開すると、今度は心臓がうるさく鳴った。

「あの、殿下？」

リーゼがコテリと首を傾げる。それは駄目だ。威力が強い。

「どうかしましたか？」

どうかしている。俺の心臓が飛び出そうなくらいドクドクしているのだ。

「あの、えっと、その、だな……あの」

「はい？」

「今まですまないっ」

彼女に会ったら、誠心誠意お詫びをしなければと思っていたのに、口から飛び出たのは勢い任せの謝罪。

駄目だ、こんなんじゃ駄目だ。

「俺、頑張って、君を幸せにする、だから、将来、結婚してくださいっ！」

前言撤回する。恋愛的な意味でも俺は彼女に落ちた。


俺は落ち込んでいた。たとえ前世の話でも、会ったらちゃんと謝らなければと思っていた。だけど、本人を前にしたら言葉が出なくなってしまった。

そもそも今のリーゼは一度目の俺を知らないわけで、いきなり謝られても困るだけなんじゃないか？　謝って重荷を少し下ろし、俺がスッキリしたいだけなんじゃないのか？

考えれば考えるほど、ただの俺の願望で我儘なんじゃないかという思いが強くなる。

それからもう一つ、俺は深刻に悩んでいた。

もしかして俺は幼女を好きになるタイプなのか？

いや、リーゼ以外ではそんなこと思わなかったから違うはずだ。違う、絶対に違うんだ。

それにしても、いきなり求婚するとか……ハァ。俺、馬鹿じゃないのか？

でもリーゼを見たら、なんだか、こう、気持ちが抑えられなかったのだ。二度の人生で健気に俺を支えようとしてくれていたリーゼを見ていたからだろうか。一生懸命な彼女も、悩んでいる彼女も見たからだろうか。

でも、あんなに俺がひどい仕打ちをしたリーゼだぞ？

城の芝生を端から端まで転げまわりたい。

◆◇◆◇◆

8歳になったある日。

今日はリーゼとのお茶会だ。天気がよいので庭にしませんか、と侍女に言われ了承する。わくわくが止まらない。予定の時間よりもずいぶん早く庭に出た。本を持ってきているので、リーゼが来るまでゆっくり読んで待てばいい。

「早すぎませんか？」

侍女がクスクスと笑う。遅いよりはいいはずだ。女の子を待たせるなんて、そんなことができるはずがないじゃないか。

「外で本を読むのも気持ちがいいだろう？」

「えぇ、そうですね」

微笑ましい視線には気が付かないふりをして、俺は本を開いた。最近人気の「子供のための名作シリーズ」だ。その一つで特に女の子が好みそうな話だったので、もしかしたらリーゼも読んでいるんじゃないか、もし読んでいたら内容を語り合って、最後に主人公2人が手を取り合うシーンがあるので再現できちゃったりして……という打算があることは言わない。

しばらく読んでいると足音が聞こえた。

「お待たせしてしまいましたか？」

「い、いや、今来たところだ」

本当はそこそこ待っていたかもしれない。侍女よ笑うな。バレるだろう。

俺が軽く睨んだからか、侍女たちがハッとした顔をして口を噤んだ。

「もしかして、子供のための名作シリーズですか？」

「そう、それ。リーゼも読んでいるの？」

「えぇ。特に今殿下が読んでいる本が好きです。もう3回は読みました。面白いですよね」

キター！　当たりだ。これは本の内容を語り合って……。

「殿下、今日はお菓子を持ってきたのです。一緒に食べませんか？」

……あれ。

リーゼは彼女の侍女から包みを受け取って開けた。中には一口大のクッキー。

「殿下がレーズンが好きだと聞いたので、取り寄せて入れてみました」

リーゼが一つ取って食べて見せ、ニコッと笑った。思っていた展開と少し違うが、もちろん食べるに決まっている。差し出されたクッキーに手を伸ばすと、頭の中に同じ情景がパッと浮かんだ。これは確か一度目の時。

『形がガタガタじゃないか。そんなの食べれないよ』

そう言って俺はリーゼが作ったというクッキーを突っぱねたのだった。

『いらないって言っただろ！』

そう叫んで立ち上がった拍子に手が当たり、床に散らばったクッキー、悲しそうな顔のリーゼが脳裏に浮かぶ。

いらないわけないだろ、俺よ！

しかもせっかく作ったクッキーが床に！

当然のようにその場を立ち去ったかつての俺を思い出して、視線の先にある花の鉢を頭で割りたい衝動に駆られた。いかん、それをやったらリーゼにドン引きされる。

「……リーゼ、すまない」

「好みではなかったですか？」

リーゼはきょとんと俺を見る。

「違う、そうじゃない。なんでもない。なんでもないんだ」

「無理しなくていいのですよ」

俺は引こうとしたリーゼの手から包みごと奪った。そして一つ取って口に入れた。ちょっとゴツゴツしたクッキーは料理人が作るよりも少し硬く、優しい味がした。

「美味しい。リーゼはすごいな」

リーゼは嬉しそうに、はにかんだ。

それから俺たちは「お茶会」の名の通りクッキーをつまみながらお茶を飲んで、話をした。いつものように、今こんな勉強をしているとか、どこへ行ったとか、そんなことだ。

「おととい、教会の孤児院に行ってきました」

俺はリーゼに街に出たら教えてほしいと言ってあった。王子という身分の俺は、10歳までは親の同伴なしに外に出ることが許されていないのだ。

「どうだった？　みんな元気？」

「ええ、とっても。お勉強の時間なのにじっとしていられない子がいて、シスターが困っていました。だから一緒に席について、文字を教えました。わたくしが先生になったのですよ」

その様子を思い出したのか、リーゼがクスッと顔を綻《ほころ》ばせる。

「リーゼなら、いい先生になりそうだな」

「みんないい子で、ちゃんと聞いてくれました」

ちょっとだけ得意そうな顔をする。実際にリーゼには2人の弟がいるから、子供と接するのは慣れているだろう。特にリーゼのすぐ下の弟はやんちゃで大変なことを、俺は知っている。

「それから小さい子と遊びました。可愛かったです」

くぅ。そんなリーゼが一番可愛いよ。

「あ、そうそう。男の子から、大きくなったら結婚しよう、って言われました」

「は？」

俺はほんわりとした会話から一瞬で目が覚めた。なんだって？

「そ、それで？」

「え？　特に何も。わたくしより小さい子でしたから、可愛いなって思っただけですけれど」

いやいやいやいやいやいやいや！　全っ然可愛くないから！

どこのどいつだ？　俺のリーゼと結婚だと？　許さん！

俺は思わずリーゼの手を握った。本当はもうちょっと、こう、本の内容をなぞったりして自然に握るつもりだったけど、もうそんなことはどうでもいい。

「リーゼと結婚するのは僕だ！　だから他の人と結婚なんて、絶対に駄目だ」

必死に言い寄ると、リーゼはきょとんと首を傾げた。

「えぇ、分かってますよ。そうなるのではないですか？」

「そうだ、そうだぞ、そうなるんだ！」

俺が前のめりになった時、わざとらしい「ゴホン」という咳払いが聞こえた。ハッと振り向くと、宰相がいた。思わぬ人の登場に、俺はそのままの体勢でカキンと固まる。

「こんにちは、殿下。リーゼと仲よくしていただいているようで、なによりです」

さささささ宰相がキター！

宰相は少しだけ口端を上げた。無理に親しげに見せようとしている感じが伝わって逆に怖い。

会いたいと言っていたのは俺だ。ずっとリーゼを通して気持ちを伝えてもらっていた。記憶を得た俺は、なるべく早めに宰相と話をしたいと思っていたが、俺から会いに行くことができず、宰相を呼ぶことも難しかった。彼としても、宰相として王子を訪問するわけにもいかず、こうしてリーゼの父としてお茶会に顔を出してくれたのだろう。

それは分かる。分かるが、まずい。何がって、この状況だ。なんでよりにもよって今なのだ。というか、いつから見ていたんだ？

俺はぎゅっと握っていたリーゼの手を放し、座り直す。自然と背筋が伸びて一気に緊張が襲ってきた。そんな俺とは反対に、リーゼはパッと顔を明るくした。

「お父様。来てくれたのですね」

「あぁ。２人のお茶会のところ悪いが、少しだけご一緒してもいいですかな、殿下？」

「もももももちろんです！」

さっと侍女が椅子を一つ追加すると、宰相はそれに腰掛けて軽く手を上げた。侍女は３人分のお茶を出して少し離れたところまで下がっていく。

宰相がいるだけで空気が変わった。穏やかな陽気なのに、まるで冬になったかのようだ。

「さ、宰相、お会いできて嬉しいです」

「私もですよ、殿下。なかなかお話できずに残念に思っていたのです」

俺は一方的に一度目と二度目の人生での宰相を知っているが、今世では挨拶くらいしかしたことがない。それ以外で直接話すのは初めてだ。

「リーゼとはどんな話をしていたのですか？」

「孤児院に行ったという話を聞いていました。僕も行きたいのですが、許可が出ないのです」

「そうでしょうね」

「だからわたくしがお話しているのですよ」

リーゼにとって宰相はよい父なのだろう。緊張する様子もなく嬉しそうにしているところからもそれが分かるし、二度目の人生でこの父娘のやり取りを見ていたことからも、２人の関係がよいものであることは知っている。

俺はお茶をゴクリと飲んだ。宰相がやってきて、一気に喉がカラカラになった気がした。

二度の人生を経た俺は知っている。国王である父に睨まれても大きな問題はないが、宰相に睨まれたら文字通り死ぬ。失敗はできない。

「殿下はどうして私に会いたいと思ってくださったのでしょう？」

宰相が俺に向けた顔は微笑んでいる。だけど目は笑っていない。俺を見極めようとする目だ。

怯《ひる》みそうになる心を落ち着けて、俺は顔を上げた。

「僕はいずれ王になります。よき王となるために、宰相にいろいろと教えてほしいのです」

宰相の眼光が鋭くなった。大柄ではないのに、その場にいるだけで迫力がある。難しい政治をこなし、数々の難局を抜けてきた人の持つ迫力に呑まれそうになる。

正直に言って怖い。だけどここで負けるわけにはいかない。

「私は王ではありません。それは陛下に聞くのがいいのではないでしょうか」

優しそうな顔だが、試されていると感じた。俺は机の下でぐっと拳を握る。

「宰相は、僕が父のような王になることを望みますか？」

あまり政治に関与せず、宰相の傀儡《かいらい》になるような王に。

宰相はそれを望んでいるようには思えなかった。もし宰相が野心に溢れた人だったら、傀儡の王を操るのではなく、自らが王になるだろう。宰相にはそれができるだけの力があるし、その場合は既に王家は終わっている。父は玉座から下ろされ、俺は王子という身分どころかその存在があるかどうかも怪しい。

かつての俺が見た宰相が築こうとしていたのは、国民が豊かに暮らせる国だった。今世の宰相が今までと同じとは限らない。だけど彼の目指す方向と真っ向から反発しない限り、俺は宰相にとっても必要とされる王になれるはずだ。

しばらく宰相は俺の様子を観察するように見ていた。それからフッと笑った。

「なるほど。そういうことであれば、なるべく協力いたしましょう」

どうやら第一関門は通過できたらしい。

「では、まず今知りたいことはなんですか？」

俺は少し迷った。知りたいことはたくさんあった。だけどなにせまだ8歳である。一気に聞いては不審がられてしまう。

繰り返すが、宰相に睨まれたら死ぬ。本気で。

「街には食事をとることもできない人がいると聞きました。彼らに食べ物を届けるにはどうしたらいいでしょうか」

宰相はピクリと片眉を上げ、「食べ物ですか」と呟くように言った。

「はい。食べられないのは大変でしょう？　だから食べ物をあげたいけれど、僕は街へ行くことができません」

簡単な問題ではないことは分かっている。たとえ今すぐに食べ物を届けられても、それは一時しのぎにしかならない。だけどそれで繋げられる命があることも俺は知っている。

　宰相は静かに俺を観察してから、貼り付けていた柔らかい表情を取り去った。そして俺の気持ちを察したかのように、ゆっくり丁寧に語った。

「殿下、焦らないことです。何を成すにも時機を逃してはいけません。それを見誤れば、成せることもできなくなります。殿下が今すべきことは、時機がめぐってきた時に確実に捕まえられるように、備えることです」

「……ですが、宰相」

　今死にそうな人がいるんです、その言葉を抑えて宰相を見ると、彼は少しだけ目尻を上げた。

「殿下、人を頼ることも時には大切ですが、まずは自分だったらどうするかを考えるべきです。今の自分にできる以上のことを成そうとすると、必ずどこかで失敗しますよ」

　背筋がゾワッと泡立った。この質問をしたのは、俺は今は動くことができないからとりあえず助けてくれ、という下心もあった。宰相ならば街に食料を送ることはできるだろう。それを完全に見透かされていた。

「まずはそれを課題にしましょう。殿下だったらどのようにしますか？　正解でなくてもいいのです。考えてみてください。リーゼと相談してもいいですよ」

　リーゼと顔を見合わせた。巻き込んでしまったと思ったけれど、リーゼは嫌そうな顔はして

いない。むしろ少し楽しそうだ。

「すみませんが、私は戻らねばなりません。では殿下、またお会いしましょう」

宰相が去っていき、俺は机に突っ伏した。駄目なことは分かっているが、プシューッと気が抜けたのだ。

「お父様はそんなに怖くないですよ？」

リーゼが笑いながら言う。優しいのだと思う。けれども怖いぞ。

「課題をもらってしまいましたね。頑張りましょう」

「うん。ありがとうリーゼ」

俺はリーゼが作ってくれたクッキーを一つ口に入れ、そのほんのりした甘さに癒《いや》された。

ちなみに宰相がほとんど最初から見ていたことを侍女から聞いて青くなったのは、リーゼが帰ってすぐのことである。


それから俺は宰相にも教えを請うた。教師が知識を教えてくれるのとは別で、宰相は実際に起こっている問題を教えてくれた。それを解決するにはどうしたらいいか考える、という課題が多く、とても勉強になった。時には一人で、時にはリーゼと一緒に必死に考えた。

答えがない問題も多かった。俺の考えを聞いたうえで宰相がどう考えているか、宰相だったらどうするか、思想を俺に押し付けることなく伝えてくれた。

彼が王を討ったのは、本当にやむを得なかったのだと今ならば分かる。彼は民のことを一番に考えている。二度目の人生でそれを嫌というほど痛感した。だからこそ、どんどん困窮する民を顧みずに自分たちのことばかり考える王族に限界を感じたのだろう。

◆◇◆◇◆

10歳になった。

この国の貴族の間では、10歳はちょっとした節目《ふしめ》の歳だ。制度として変化があるわけではないが、10歳未満は完全に子供扱いなのに対し、10歳を越えると大人の準備をする年齢と考えられる。もちろんまだ成人ではないし親から離れるわけではないが、行動の範囲が広まるのだ。

例えば昼に行われるパーティーに保護者同伴で参加するようになるのも、10歳を越えてからだ。俺が街に行きたいと言っても、10歳までは駄目だと許可が出なかった。

慣例として婚約するのも10歳からだ。

俺とリーゼは正式に婚約した。

もちろん「婚約してやったありがたく思えお前は運のいい奴だな」なんて言わない。言うはずがないじゃないか。そんなこと言う偉ぶった馬鹿、いる？

「あああぁぁぁぁ」

無事に婚約できてありがたく思います俺は運のいい奴です！

「だ、大丈夫ですか、殿下？」

「問題ない。リーゼと無事に婚約できて嬉しくなってしまっただけだ」

「そ、そうですか？　そう思っていただけて、わたくしも嬉しいです」

婚約の印として、俺はリーゼに髪飾りを贈った。かなり悩んだ品だ。最高のものを贈りたかったけれど、豪華絢爛な品をリーゼが望まないだろうなということも理解できた。だから小さな石が控え目に入っている、普段使いできるものにした。

「これをわたくしに、ですか？」

「うん。あの、もし気に入らなかったら……」

「ありがとうございます」

リーゼは嬉しそうに笑った。俺の心拍数が上がった。

リーゼが振り返ると、彼女の侍女がやってきて、そっと髪にそれをつけた。

「……どうですか？」

ちょっと恥ずかしそうにつけたところを見せてくる。俺の心拍数は爆上がりした。俺がリーぜのことを考えて必死に吟味《ぎんみ》した品だぞ。似合うに決まってるじゃないか。

「可愛い、です……」

「ふふっ」

なぜか侍女たちが口を押さえて震えていた。


10歳になった俺は、護衛付きで街に出ることが許されるようになった。

最初の訪問先に選んだのは教会だ。何度も訪れているリーゼと共に馬車で向かう。もしかしたら二度目の自分であるクルトに会えるかもしれないと期待していたけれど、彼は同行していなかった。ちなみに、クルトが公爵家にいることは確認している。

馬車が止まり、窓から見えたのは懐かしの、今世で初めての教会だ。無駄に緊張する。

「孤児たちもわたくしたちと同じ子供です。怖くないですよ」

俺の様子を感じ取ったのか、リーゼはサッと馬車を降りてニコリとして見せた。ああぁしまった、そこは俺が先に降りてスマートに手を差し伸べるところだった。失敗したと思いながら馬車を降りると、記憶の中と変わらない、柔らかい顔の神父さんが出迎えてくれた。

「お越しくださりありがとうございます、殿下」

し、神父さあああぁぁぁん！

俺ですよ、俺！　いろいろあって、今王子なんですよ！　会いたかったです！

と言いたい気持ちを抑えて、なるべく王子らしく挨拶する。心の中の俺がうるさい。

隣でリーゼも神父さんと挨拶を交わす。

「よく来てくださいました、リーゼ様」

「今日もよろしくお願いします」

「こちらこそ。子供たちが楽しみにしております。こちらへどうぞ」

神父さんに連れられて教会に入る。最初に通されたのは、神父さんの部屋だった。まずはここで教会の成り立ちなどを軽く教えてもらった。ここで育った経験があるのだから当然なんでも知っている、と思いきや、貴族サイドの話は知らないこともあり、驚いた。

「殿下はどうしてここに足を運ぼうと思ってくださったのですか？」

「リーゼから話を聞いて、来てみたいと思っていたのです。ようやく叶いました」

王子らしく笑顔を貼り付けると、神父さんの眼光がわずかに強くなった気がした。会えた喜びで少し浮かれていた気持ちがすっと引き締められた。

「そうでしたか。興味を持ってもらえてありがたい限りです」

神父さんは危ない。なぜかこの人を前にすると、全てを話したくなってしまう。俺は神父さんにとって初対面の王子だ。やばい子供だと思われないようにしなければならない。

なるべく口を噤んで話を聞き終えると、俺たちは教会を軽く見学して孤児院へ行った。懐かしい通路に思わず顔が緩みそうになる。

扉が開くと子供たちがバッとこちらを振り向いた。

「あっ、リーゼさま……」

嬉しそうな声が上がった瞬間にそれが警戒するものに変わったのは、俺と厳《いか》つい護衛がついてきたからだろう。そりゃ怖いはずだ。俺は護衛を手で制して一歩進んだ。

「こんにちは。クラウスだ。今日は何冊か本を持ってきたんだ」

俺はリーゼとシスターに目配せして、小さい子を集めて本を読んだ。絵本では簡単すぎる大きい子は、今日はリーゼ担当だ。

小さい子たちは新しい絵本にすぐに目を輝かせた。いつも同じ絵本なのを俺は知っている。俺が読み始めると、みんな真剣に本に見入った。その姿がかつての自分と重なり、微笑ましいような切ないような気持ちになった。

チラッと横を見ると、リーゼが同年代の子たちと楽しそうにしていた。何度もここに来ているリーゼは、かなり打ち解けている。女の子同士でおしゃべりしているのは微笑ましい。

俺は絵本を読みながら、またチラッと見る。今度は同年代の男の子と楽しそうに話していた。小柄なリーゼの姿が男の子に遮られて見え隠れする。ムクムクと心の中にモヤが広がっていく。

おい、お前ら。離れろ。慣れ慣れしいぞ！

「クラウスさま、おはなしー」

「あぁ、ごめん。どこまで読んだっけ？」

絵本と小さな子供たちに視線を戻す。

この分担は失敗だった。リーゼが小さい子に本を読んで、俺は今リーゼがやっているところへ行くべきだった。次からはそうしよう。絶対にそうしよう。


王宮の外へ出ることが許されるようになってから、俺は定期的に街に出た。さすがにどこへでも自由に行けるわけではないが、困っている人がいそうな路地やエリアにわざと足を向けた。実際に今の俺が目にしていれば「見たから支援したい」という理由が通りやすくなる。

教会にも何度か訪れ、教会の敷地内を歩いていた時に偶然見つけた、ということにして施設にも入った。身寄りのない助からない者が最期を迎える施設だ。ここでラルフが死んだ。時期からして、今世の彼ももういないだろう。

「まだ助かる人を助ける施設を作りたいです」

最期を看取るための施設も必要だが、今ならまだ助かる人が一時的に避難する場所もなくてはならない。そんな俺の訴えに宰相は頷かなかった。

「作るためのお金はどうするのですか？　遊びではないのですよ」

「遊んでいるつもりなどありません」

「殿下、なぜそんなに急ぐのですか。ご自身で責任を持てるようになるまで待つべきです。無理をしても中途半端で終わるだけです。今はじっくり計画を練ることに留めましょう」

「自分で責任を持てるようになるまで、あと何年ですか。その間に何人が死にますか？」

宰相の言い分も分かった。大きく動いて目を付けられたり、俺が今潰されてしまえばあとに成せるはずのことも成せなくなる。力を蓄えておくべきだという主張はもっともだ。だけどそれまで何もできないのか？

歯がゆかった。権力が欲しい。明確にそう思った。

宰相と俺の議論は続いたが、最終的に折れたのは宰相だった。俺の意見が全て通ったわけではないが、教会内に新たな施設を作ることが決まり、俺はひとまずホッと胸を撫で下ろした。

婚約をしてから、リーゼが王宮に来る日が増えた。王子妃になるための教育があるからだ。別の時間もあるが、俺たちはなるべく一緒に勉強した。俺が押しかけたという方が正しい。

彼女は頭がいい。なんで過去2回の人生があったはずの俺よりも進みが早いんだ。

リーゼは俺よりもずっと優秀だ。一度目の俺がリーゼを遠ざけた理由の一つがそれだったのだと思う。俺はリーゼを見下していた。俺は王子で身分が高いから、リーゼは女だから。そんな理由で俺より下のはずのリーゼが、俺より優秀なことが許せなかったのだ。救いようがない。

ゴンッ！

いたたまれない気持ちになって机に額をぶつけたつもりだったが、俺の前には本が置かれていて、額の半分だけが開いた本にめり込んだ。本の端が少し破れかけて泣きたくなる。

「殿下……っ」

顔を上げるとリーゼの丸くした目と視線が合った。心配そうな顔をした彼女は、次の瞬間口を手で押さえ、笑いを堪えるようにプルプルと震えた。

鏡を見ると、額の半分にくっきりと赤く本の跡がついていた。

どうやら今回の俺は宰相に認めてもらっているらしい。少しずつ仕事もするようになった。リーゼも手伝うと言ってくれた。

「駄目だ、これは俺の仕事だから、俺がやらなきゃいけないんだ」

「2人でやった方が早いでしょう？　殿下の仕事を全部任されたら困ってしまいますが、わたくしにもやらせてくださいませ」

なんていい子なんだリーゼ。

そうだよな、全部任されたらそりゃ困るよな……一度目の俺！

全部投げてた一度目の俺！

「あああぁぁぁ」

思い出して机に突っ伏すと、「大丈夫ですか？」という心配そうな声が聞こえた。黒歴史発作を起こしているだけだ。そっとしておいてほしい。

◆◇◆◇◆

15歳になると、揃《そろ》って学園に入学した。

学園は危険だ。同年代の貴族の子女が一同に会する場だからだ。どこでリーゼが別の男に狙われるか分からない。だからといって、学園で孤立させるのはよくない。ここでの人脈作りは大事だ。分かっているけれど、誰の目にも触れないようにしてしまいたい。

リーゼは学園内ですぐに人に囲まれるようになった。筆頭公爵家の令嬢という身分もあり、なおかつ持ち前の穏やかさと聡明さである。身分社会の中にいながら身分だけで人を判断することもない。そりゃ友人もできるし、慕われる。特に女性からの支持が厚く、俺は彼女たちから鋭い視線を浴び続けている。要するに、リーゼの婚約者足りえるのか、と。

一度目の俺はリーゼが俺の婚約者に相応しくない、などとふざけたことを思っていたが、逆なのだ。俺がリーゼの婚約者に相応しくなかったから、婚約破棄をした瞬間に、いやもっと前から見限られていたのだ。

昔を思い出して叫びたくなった俺は、足早に建物を出て裏庭に向かった。大きく息を吸い込んで叫ぼうとした瞬間、人が通った。学園の中はどこにでも学生がいる。咄嗟に俺は茂みに隠れた。なんで隠れているんだろう。分からない。だけどそこにはたくさんのタンポポが咲いていて、ふわふわと揺れる丸い綿毛に癒された。俺は溢れる思いをタンポポの綿毛に託し、思いっきり吹き飛ばした。無心で吹き飛ばし続けることしばらく、護衛の焦ったような声がした。

「殿下。殿下っ？　いい加減に行かないと間に合わないですよ」

ハッとした。もう講義が始まる時間だ。急いで立ち上がって教室に向かう。

「もっと早く教えてくれよ」

「何度も声をかけましたよ。それで、殿下、あの……」

「とにかく急ぐぞ」

思いっきり走りたいが、王子としてそれができないのがもどかしい。なんとかぎりぎりの時間に教室に着いた俺は、皆から注目された。遅刻しかけたからでも、俺が王子だからでもない。壇上に立った先生が俺を見て、そして全体を見回して言った。

「えー、休み時間は自由に過ごしてかまいませんが、建物内では綿毛を飛ばさないように」

よく見れば俺は綿毛まみれになっていた。どうやら服や髪についた綿毛をほわほわと飛ばしながらここまで来たらしい。教室内は笑い声に包まれることとなった。


俺もいつも人に囲まれていた。側近の座を狙う者、俺を探ろうとする者、単純にお近づきになっておこうという者。いい顔をしてくる女たちもいる。皆、俺の身分に寄ってきているだけだ。それを俺の魅力だとか思っていたかつての俺に告ぐ。魅力なんて一つもなかったよ！

ああぁぁぁ……と声を殺して頭を抱えたつもりだったが、漏れていたらしい。俺を囲んでいた一部が、そっと距離を取った。

もしかしてリーゼも男に言い寄られたりしているのかもしれない。そう考えただけで、はらわたが煮えくりかえってきた。男が全員敵に見える。

リーゼを取り巻く男を思い浮かべると、剣術の稽古《けいこ》がはかどって仕方がない。おかげで俺はメキメキと頭角を現し……はしなかったが、「殿下がこんなにも熱心に稽古に打ち込んでいるのに、騎士志望者が怠けてどうする！」とやる気を煽ることには成功したらしい。

かつての俺を思い出して転げまわりたい気分になった時に、一度くらい練習用の剣で打たれたらすっきりするかもしれないと思って「俺が王子だからといって遠慮はいらない」と言ったからって、本気でかかってくるのはやめてほしい。小さい頃から鍛えてきた者たちに俺が敵うわけがないだろう。ボコボコにやられ続けたら「殿下は俺たちが守らなければならない」と奮起した彼らのレベルが上がって、剣術の先生からお礼を言われた。

リーゼがいつも人に囲まれていて話せないから、俺は少し不貞腐《ふてくさ》れながら教室で勉強に励んだ。ぼっちだったわけじゃない。俺にも周りに人は寄ってきていたが、俺が勉強をし始めたら周りも同じように静かに教科書を開くようになったのだ。

一緒に教科書を開いていると、それぞれの得意分野が分かってくる。難しい箇所は詳しい学生に聞くようになった。二度目の俺は教師から学ぶことができなかったから、とにかく少しでも詳しそうな人がいれば聞いて回ったものだった。たいていの場合、得意な分野や好きなことは楽しく話してくれる。学生も同じらしい。数学が好きな学生に尋ねたら数学についてやたら語られたし、歴史が好きな学生に尋ねたらその部分を含めた大きな物語が始まった。ニコニコと聞いてはいたが、正直に言おう。俺はそこまで聞いてない。

優秀な学生たちは、だんだん俺が分かっていないということが分かってきたらしい。得意な教科が同じ学生同士で議論を交わすようになった。こうなると俺は全然ついていけない。

爵位を継ぐ予定のない次男、三男以下は自分の能力で生きていかなければならないから、それぞれ専門科目を必死に勉強してくる。広く浅く勉強してきた俺が専門で敵うはずがない。

ボコボコに論破され続けたら「殿下が得意でないところは私たちが埋めなければ」と学生が燃えるようになり、「殿下のおかげで皆が勉学に励んでおります」と先生からお礼を言われた。なぜそうなったのか分からないが、皆が頑張っているのはよいことだ。そのはずだ。

初めての試験の結果が出た。学年首位はリーゼ、2位に子爵家の三男が入り、俺は3位だった。その結果に俺はニヤリとした。今世では小さい頃から勉強している。10位以内を目標に頑張ってきた成果が出たのだ、と思った。

俺は頭がよくない自覚はあるが、次期王があまりにも悪い成績では不安になるだろうと自分なりには努力したつもりだ。だからといってリーゼに勝てる気は全くせず、あらかじめリーゼには遠慮はいらないから俺の代わりに首位を取ってくれとお願いしてあった。

「さすがだな、リーゼ。首位おめでとう」

「ありがとうございます。殿下も3位。思ったより高順位ですね」

「思ったよりって……」

「ふふっ、おめでとうございます」

リーゼに俺の実力は全て知られている。リーゼも俺の教師も、10位に届くかどうかだと言っていた。大満足の結果にリーゼと笑い合っていると、一人の青白い顔をした男子生徒が他の生徒に押されて前にやってきた。ガリ勉というあだ名をつけられていた、子爵家の三男である。

「あぁ、君が。2位おめでとう」

俺が声をかけると、彼は可哀想《かわいそう》なほどに縮こまってしまった。

「どうした、顔色が悪い。大丈夫か？　体調が優れないのではないか？」

「ひぃっ」

俺が一歩彼の方に進むと、彼はビクつきながら一歩下がった。なぜか周りの生徒もしんと静まって動向を見守っている。まるで俺が彼を虐めているみたいだ。お祝いを述べただけなのに。

その静寂を壊すようにリーゼがクスッと笑い、彼の方を見た。

「大丈夫ですよ。殿下は貴方の努力を讃えただけです。そうですよね、殿下？」

「あぁ、そうだが、えっ？」

意味が分からなくてリーゼを見る。

「彼は殿下よりもよい順位になってしまって焦ったのだと思いますよ。成績に身分は関係ないことに建前上はなっていますけれど、なんとなく高位の者に譲る傾向はありますから」

「そういうものなのか？」

「そうです。特に彼は子爵家の三男で、殿下は王子ですからね。彼としては成績を喜ぶ前に、やってしまったという気分なのではないでしょうか」

それは知らなかった。一度目の俺は試験を免除されていたから、そもそも成績を見ることがなかったのだ。当時は、俺は王子だから特別なのだと偉ぶっていたが、今思い返してみれば、俺の成績がひどすぎて公表できなかっただけだろう。

皆に注目された俺は、わざとらしく咳払いをした。

「まず、俺は純粋に彼の2位を祝っただけであって、そこに別の意味はない。将来俺と共にこの国を作っていく皆が優秀であることは喜ばしいことだ。俺は身分だけではなく能力のある者と仕事をしたいと思っている」

はっきりとそう告げると、2位の彼はホッとし、周囲にはどよめきが起こった。

「それに、少なくとも俺は自分の成績を抜かれたからって気分を害するほど、狭量ではないぞ。家柄や男女の別などに囚《とら》われず、全力で励んでもらいたい」

これで大丈夫かと問うようにリーゼを見ると、彼女は小さく頷いた。

そして月日は少々流れ、二度目の試験が行われた。終了時の自己評価は前回と同じくらいだ。後日結果が発表された。首位は変わらずリーゼ。周辺に俺の名を探すが、見当たらない。まさか一度目同様の王子の特別枠に……と青くなりかけた時、ようやく見つけた。記録13位。

スンッという気持ちになった。前回の3位は皆が遠慮して様子を窺っていた結果なだけだったのだ。成績上位者におめでとうと声をかけると、「殿下のお役に立てるように全力で頑張ります！」「殿下と共によい国を作るのが目標です！」と元気のよい返事が返ってきた。

皆が優秀なのは国にとってよいことである。なんて素晴らしいのだろう。ただどうしてか少しばかりやるせない気がするが、俺は狭量ではないのである。そのはずである。

◆◇◆◇◆

学年が一つ上がり、俺は慎重に側近選びを開始すると共に、引き続き全体のレベルを上げるべく奔走《ほんそう》した。ここの貴族たちが将来国を動かすのだ。民から陰口ばかり言われるような貴族ではなく、慕われるリーダーを育てなければならない。

リーゼも協力してくれた。前世と変わらず、彼女は健気に俺を支えようと努力してくれる。控え目に言って超可愛い。

今世で初めての発見がある。リーゼは地味で大人しいと思っていたけれど、意外と活発でよくしゃべる。そしてちょっと毒舌だ。

「殿下」

「名前で呼んでほしい」

「クラウス様」

んぐっ。名で呼べと言ったが、呼ばれるとムズムズが止まらない。

「その書類、まだ終わらないのですか？　孤児院へ行く時間になってしまいますよ」

「リーゼが早いだけだろ」

「しょうがないので手伝ってあげます。貸し一つですよ」

「少し待て。自分でできる」

「クラウス様ができるのは当然ではありませんか。クラウス様の仕事ですもの。自分の仕事もできずに周りにやらせていたとしたら、それはただの馬鹿ですよ」

「うっ」

無意識に過去の傷を抉《えぐ》られ、胸が痛くなって押さえる。

結局書類を奪われて、ささっと仕上げられた。これで貸し一つならば、一度目の俺は貸しいくつなんだろう。

今のリーゼはとてもよく笑う。その度に俺は心臓を鷲掴《わしづか》みにされるような心地になる。一度目の俺はこんなに可愛い笑顔を見逃していたのか。馬鹿じゃないのか。

学園では時折学生たちのパーティーが開かれる。俺はリーゼをエスコートして会場に入った。着飾ったリーゼはマジ可愛い。可愛いが止まらない。

リーゼのエスコートを恥ずかしいとか思っていた一度目の俺を殴り飛ばしてボッコボコにしてやりたい。俺の隣に並ばなければいけなかったリーゼこそ恥ずかしく思っていただろうに。

俺はずっとリーゼの隣にいたいが、彼女には友人たちと話す時間も必要だし、リーゼと話したい人も多い。パーティーは社交の場でもあるのだ。

少しリーゼと離れた隙に、俺は女に取り囲まれた。派手な化粧に豊満な体を見せつける露出の高いドレス。そして紡《つむ》がれる甘い言葉。

反吐《へど》が出る。気持ちが悪い。

「殿下もおつらいでしょう？　政略とはいえ、あのような方と人生を歩まれなければならないのですもの。わたくしでしたら殿下を……」

「あのような方？」

聞き返してみると、女たちはチラッとリーゼの方向を見てクスッと笑った。

何を笑っている。ふざけんな。

わたくしでしたら殿下をなんなんだ。

でも一度目の俺だったら、それにフッと笑って紳士っぽく振る舞いながら腰を抱いて……。

「あああぁぁぁ」

反吐が出るのは俺だ。反吐だけじゃなく全部出る。

城壁よじ登って叫びたい。

「で、殿下？」

いけない、ここはパーティーの場だ。たとえ黒歴史発作を起こしても平常心を保たねばならない。取り乱してしまった顔をキュッと引き締める。

「リーゼは可憐で美しいだろう？　そのうえ、努力家で聡明だ。君たちも彼女を見習うといい」

「え？」

「言っておくが、俺の婚約者を侮辱して無事で済むと思うなよ」

このような奴らに権力を持たせはしない。

気分が悪くなった俺は、その場を離れて振り返った。数人の女たちが唖然《あぜん》と俺を見ている。そして遠くからそれに白けた視線を向けている貴族たちにも気が付いた。

……あの場で俺は笑っていたのか。

城の池の底まで潜りたい。

リーゼを探すと、彼女は楽しそうに男と話していた。たしか彼は公爵家の次男。容姿端麗なだけではなく優秀なので、側近候補にどうかと言われている人物だ。

「まぁ、ラファエル、そんなことが？　……きゃっ、クラウス様？」

面白くない気持ちになり、リーゼを奪って人のいないバルコニーに出た。

急に俺に引っ張られて連れ出された彼女は浮かない顔をしている。

「ちょっとクラウス様、腕、痛いです。女性に暴力を振るうのは最低最悪の下衆野郎ですよ」

誰だよ、リーゼに「下衆野郎」なんて言葉を教えたのは。

『リーゼ様、自分より弱い者に手を上げたり虐めたりする人のことを、平民はなんと呼ぶか知っていますか？』

『下衆野郎、って言うんですよ』

……俺だな。二度目の、俺だな！

胸が痛い。一度目のあれは、完全に暴力だった。リーゼに手を上げた俺は正しく下衆野郎だ。

だけど今のは暴力じゃない。断じて違うぞ。リーゼが男と楽しそうにしてたから悪い。

……嘘ですリーゼに悪いところなんて一つもない悪いのは全部俺ぁぁぁぁぁ。

「あの男といたかったのか？」

「え？　いいえ？」

すぐに否定されてホッと胸を撫で下ろすが、胸の中でとぐろを巻くモヤモヤは消えない。

「ずいぶん楽しそうに話していたじゃないか」

「彼とは家同士の繋がりがあるので、小さい頃からの知り合いなのですよ。クラウス様こそ、女性に囲まれていたではありませんか」

「望んだことじゃない」

プイッと横を向く。かなり大人げない。俺はただ、あの男に嫉妬しているだけだ。

分かっている、俺なんかよりきっとあの男の方が素晴らしい奴だ。

リーゼにとっての俺は、ただの政略結婚の相手だ。第一王子に嫁ぎ国のために支える。そう育てられてきた彼女は、素直にその通り俺を支えようと努力してくれている。

その第一王子がもし俺じゃなくても、彼女は同じようにする。リーゼは俺を男として見ていない。その事実にギリと奥歯を噛み締める。

「わたくしが殿方からそういった目で見られることなど、あるわけがないではありませんか。こんな容姿ですもの。必要なこととはいえ、殿下もわたくしをエスコートしなければならないのは恥ずかしいだろうなと、申し訳ないとは思っているのですよ」

「そんなことあるはずがない」

俺は本心から否定したのに、リーゼは力なく微笑むだけだ。

確かに一度目の俺はそう思っていたけれど、その時の俺を殴り飛ばし以下略。

「たとえ政略的な婚約とはいえ、わたくしを婚約者として遇し、よくしてくださることには感謝しています。でも、もしクラウス様にいい人がいるのならば、わたくしに遠慮しなくていいのですよ」

「それはリーゼにもいい人がいるから黙認せよということか？」

「違いますよ。わたくし、恋愛関係のあれこれは諦めているのです。クラウス様はいずれ、妾を持つことも可能でしょう？　そうなった時、わたくしは嫉妬しませんから」

「そこはしろ」

間髪を入れずに答えると、リーゼは小さな目を少し大きくした。

「こんな容姿と君は言うが、誰かに何か言われたのか？」

「ええと、ブサイクという言葉はちらほら聞きますし、そういえば幼少期にクラウス様にも言われました」

「申し訳ございません二度と言いません」

「自分でもよくないことくらい自覚しています。その、身体も女性らしくはないですし……」

勝ち気なくせにちょっと恥ずかしそうなその仕草にグッときて、我慢できずに抱き寄せた。細くて小さい身体はすっぽりと納まって、庇護欲を掻き立てられる。女性らしくないと言うが、胸も……慌てて考えを逸らす。

「リーゼ、他の誰がなんと言おうと、俺は君が、その、可愛いと、思うし、だな、綺麗だと思う……その、容姿だけじゃなくて、いつも一生懸命なところとか、思慮深くて聡明なところとか、俺は好ましく思う。自分を卑下するな」

鼓動が大きくなりすぎて、たぶんリーゼに聞こえている。俺は咳払いをして、大きく息を吐いた。

「俺は妾などいらない。リーゼがいればそれでいい。だから……少しは俺を男として見てはくれないか？」

「え？」

「君が俺のことを政略的な婚約の相手としか見ていないことは分かっているが、もし政略じゃなかったとしても、俺はリーゼがいいんだ」

腕の中からリーゼが見上げてくる。驚いた顔をして、それからふふっと笑った。

「クラウス様は優しいですね。そんなに気遣ってくださらなくてもいいのですよ？　クラウス様にとってわたくしの身分が不必要にならない限り、わたくしから婚約解消を持ちかけることなどございませんし」

「そういうことじゃない」

「全員に気を張っていたら疲れてしまいます。いろいろと我慢していらっしゃるのでしょう？　わたくしの前でくらい、気楽にしてください」

全く信じられていない。

「我慢ならしている。今すぐにでも君に口付けたいし、触れたいし、もっと先だって……」

「えっ」

リーゼの身体が強張った。しまった、と思うと同時に、愛《いと》しさが込み上げてくる。

「すまない。だけど信じてほしい。俺がそう思うのは、君だけだ」

リーゼは明らかに戸惑っていた。それにショックを受けながらも、仕方がないと思う自分もいた。俺は抱きしめていたリーゼをそっと離して苦笑する。

「そんなに困らないでくれないか？　今リーゼの気持ちを聞こうとは思っていない。だけどいつか一人の男として振り向いてもらえるように頑張るから、ほんの少しでいいから、俺に気持ちを向けてくれたらすごく嬉しい」

それでもリーゼはきょとんと俺を見上げるばかり。やっぱり信じられていない。

「クラウス様、視力落ちました？　それとも何か変なものを食べました？」

「落ちてないし、食べてない」

ムッと返したら、リーゼはそれならなんだろうと心配そうに悩み始めた。

そんな顔さえも可愛いと思ってしまうのだから、俺はもう駄目だ。

「好きだ、リーゼ」

その日から俺はことあるごとに好きだと伝えた。最初は完全に社交辞令だと思われており
「嬉しいです」「ありがとうございます」と軽く流されていたが、次第に「ふふっ」と笑いなが

ら、ちょっとだけ、ほんのわずかに照れるようになってきたように見えた。手応えありと見ていいかな？　いいよな？


学年末の試験が終わり、リーゼは首位でこの学年を終えた。

一度目の俺の側近だった取り巻き連中は、今の俺には擦り寄ってこない。彼らは俺の様子を見ながら俺に合わせていただけだったのだと、今になって気が付いた。俺が実力主義をはっきり告げてから、その中の数人はメキメキと成績を伸ばした。いや、もしかしたら一度目の時からよかったのかもしれない。

逆に、落ちぶれている人もいる。俺と一緒に偉ぶっていた奴や、俺に気に入られようと容姿を磨いて着飾っていた女子生徒たち。

よくも俺を誑《たぶら》かしてくれたな、という気持ちがないわけではないが、そもそも誑かされた俺が悪いのである。むしろ今は彼らに対して当時の俺を見ているような気がして、叫び出したいような、転がり回りたいような、痛々しいような、そんな気持ちになる。だから俺はたまにそっと助言する。できることならば俺のような思いをする前に気が付いて、真面目に生きてほしい。彼ら彼女らもまた、この国の民だから。

◆◇◆◇◆

学年がまた一つ上がり、最終学年になった。

忙しく過ごすうちにあっという間に学園生活も終わりに近づき、俺はリーゼと生徒会室で書類をまとめていた。もうすぐ下の学年に生徒会の業務を引き継ぐ。そのための書類だ。

「この部屋を使うのもあとわずかだな」

他の教室よりも少し豪華なこの部屋を使えるのは、生徒会役員の特権だ。役員になるには身分だけでなく成績や人柄も考慮される。将来のステータスになるから、役員入りを目指して頑張る生徒も多い。成績優秀なリーゼはともかく、俺が選ばれた理由はよく分からない。しかも会長だ。身分でごり押ししたつもりはなかったのだが、なんだか申し訳ない。

ちなみに一度目の俺は役員ではなかった。「王族は生徒会のさらに上から見守るものです」と言われて信じていたが、単純に学力も人柄も、役員レベルに到達していなかったのだろう。

「お茶にしましょうか」

きりのいいところまで終わったリーゼが自らお茶を入れてくれた。代わりに俺はクッキーを出した。先日教会に行った帰りに寄った街の菓子屋で買ったものだ。味だけで言えば城の料理人に敵わない。だけど素朴な風味をリーゼが気に入っているので、たまにこっそり買いに行く。

「あら、こちらのクッキーは初めてですね」

「新作でアーモンドキャラメル味だそうだ。この味を出すのにいかに苦労したかおばちゃんに語られて、なかなか帰れなくて困ったよ」

店員のおばちゃんはしゃべりだすと止まらない人なのだ。一緒に行った時にそれを経験しているので状況がすぐに分かったらしく、リーゼはクスクスと笑った。

一つ先に口に入れると、甘くてほろ苦い味とアーモンドの香ばしさが鼻に抜けた。確かにおばちゃんが言うように、高くない原料を使ってこの味を出すのは難しかっただろう。

「美味しいですね」

「リーゼが作ってくれたクッキーの次の次の次の次くらいに美味しい」

「それは気に入っているのですか、いないのですか？」

「そこそこ気に入ってる」

リーゼはふふっと笑ってからもう一つ手に取った。リーゼもそれなりに気に入ったらしい。

クッキーを食べる口元に目が行き、慌てて逸らした。駄目だ危ない。

先日、ついにリーゼが俺に少し想いを寄せてくれた。

『ちょっとよく分からないのですが、わたくしも殿下をお慕いしているのかもしれません』

少し頬を赤らめながら潤んだ瞳でそう言ったリーゼを、外じゃなかったら押し倒していたかもしれない。誰もいなかったら危険だった。思いとどまった俺は褒められていいと思う。

今までも駄目だったけれど、その日からはさらに駄目だ。そして今、危機的状況に近いのである。生徒会室に2人きり。部屋に鍵はかかっていないが、今のところ誰も来ない。ちょっとドキドキしてきた。そんな俺とは対照的に、リーゼは落ち着いて部屋を見回した。

「卒業してしまうと、なかなか会えなくなる方も多いですよね」

そのまま王都に残ったり王宮勤めになる人もいるが、領地へ戻っていく人もいる。特に女性は家に入る人が多いから、どうしても会う頻度は減る。

「寂しいか？」

「そうですね。でもまぁ、クラウス様がいますから、大丈夫です」

「んぐっ？」

お茶が変なところに入った。ゲホゲホとむせる俺の背を、リーゼはそっとさすってくれた。

嬉しい、いや、厳しい。

これはわざとか？　わざとなのか？　俺を試しているのか？

俺が落ち着くとリーゼはお茶と菓子を下げ、俺たちはまた書類に向かい合う。

しばらく書類をこなし顔を上げると、リーゼの横顔が見えた。窓の外の木が風にそよいでいるのか、顔に映った柔らかな光が揺れている。どこか楽しそうなその顔は、率直に綺麗だと思った。最近リーゼは綺麗になったと評判だから、俺だけがそう思っているのではないはずだ。

「どうかしましたか？」

「なんでもない」

「ふふっ、なんでもないって顔じゃありませんでしたけど？」

リーゼは恋愛関係のあれこれは諦めていると言っていたけれど、頭もよく皆から慕われている。普通にモテると思う。俺との婚約は皆に知れ渡っているから、表向きリーゼを狙ってくる奴はいない。だけど心の中でどう思っているかなんて分からない。考えるとイライラしてきた。

リーゼが誰かに想いを寄せているというのは聞いたことがない。物心ついた時には婚約が内定していて、そのように育てられたリーゼは、誰かと恋仲になるということを考えたことがないのかもしれない。だけど、もし自由に選べたとしたら、どんな男を好きになるのだろう。リーゼから選択の自由を奪った俺は、リーゼの理想に近づけているのだろうか。

「なぁ、リーゼが好ましいと思う……いや、嫌だと思う男はどんな奴だ？」

「嫌だと思う人ですか？」

思わず嫌だと思う方を聞いてしまったのは、好ましい男が俺と正反対だったらどうしようと咄嗟に怖くなったからだ。屈強で男らしくて頭のいい人が好き、とか言われたら泣く。

「えっと、自分勝手な人、権力を振りかざす人、人の意見を聞かない人、横暴な人、立場が弱い者を見下す人、自分はやらずに仕事を押し付ける人、面倒くさい人、それから……」

「うっ」

思った以上にいっぱい出て焦る。

「特に、自分では何もできないくせに努力もしないで偉ぶってたり、他人を貶《おとし》めたりする人は最悪ですね。大嫌いです」

「ううっ」

痛む胸を押さえて俯く。打撃が強すぎる。

全部一度目の俺じゃないか。どう考えても嫌われてた俺。

その状況で「俺の気を引こうとしている」とか思ってた俺。

「あああぁぁぁ」

痛いにもほどがある。穴があったら入りたい。あ、結構入ってたな、鉱山という穴に。

「あ、好ましく思うのは、クラウス様みたいな方ですよ」

ガバッと顔を上げると、悪戯が成功したような顔でリーゼがふふっと笑った。

緊急事態発生！　理性総動員！

襲わなかった俺は褒められていいと思う。

無事に生徒会の仕事を下級生に引き渡した夕方、俺はリーゼを散歩に誘った。

「散歩ですか？　構いませんけれど、どちらへ？」

「学園内のいろんなところ。卒業したらもう来なくなるから、今のうちに見ておきたくて」

時間に余裕があったこともあり、俺はリーゼとゆっくり歩いた。いつもはなんの気なしに通っていた廊下も、睡魔と闘った教室も、もう来なくなると思うとなぜか感慨深い。

思い返してみれば、一度目の俺は卒業間近でもこんな気分になることはなかった。そもそも学園に真面目に通った記憶もない。来たい時に来て、やりたいことだけやって。本当は卒業できるレベルじゃなかったはずだ。それなのに可能になっていたのだから、腐っていたと思う。

「もうすぐ卒業かと思うと、なんだか感慨深いですね」

「リーゼもそう思うのか？」

「当然ではありませんか。あの窓から見た風景とか、ここで先生の手伝いをしたとか、いろいろ思い出します。忘れられない思い出もたくさんできましたね」

「そうだな」

「あとは、あの机でよくクラウス様が居眠りしているのを起こしたな、とか、あっちの部屋でクラウス様が先生に怒られていたな、とか」

「それは忘れていい」

「ふふっ」

校舎を出て庭園に出ると、恋人同士らしい2人が至る所にいた。見なかったことにして裏庭に回ったら、秘密の恋人同士らしい2人が至る所にいた。多くの貴族が政略結婚をするから、学園内でだけは少しならば目こぼしされる。卒業間近になると、まぁ、いろいろあるわけだ。

こちらも見なかったことにして仕方なく表に回り、建物を見上げた。

「リーゼ、俺さ、学校を作りたいんだ。この学園は身分がないと入れないだろ」

この学園は将来国を担う者を育成するための機関と位置づけられているので、ここに入れるのは貴族の子女だけだ。特別枠というのも制度としてはあるが、ほとんど使われていない。

「平民にも優秀な人は多いと思うし、国を担うのが貴族だけとも限らないだろ？　それなのに入れる学校がないというのはもったいない。そもそも学べない子供も多いからな。まずは小さい子のための学校からだ」

平民だから、女だから、お金がないから、子供も労働力だから。そんな理由で学校に通えない子供は多い。二度目の俺は通えなかったし、鉱山の村の子は学校の存在自体を知らなかった。

「学べるのは貴族の特権だとする人もいるけど、俺はそう思わない。リーゼはどう思う？」

「わたくしも同じ意見です。誰でも学校に行けたらいいのにと思います」

「よかった。あっ、宰相には内緒にしてくれ。『実現可能になるように考えてから発言しなさい』って怒られるから」

宰相を少し真似て言うと、リーゼはクスクスと笑った。

実現は先になるだろう。まずは生活を安定させるところから始めなければならないからだ。

だけど、必ず。

そう決意しながら学園の校舎を再び見上げると、雲行きが怪しいことに気が付いた。

「リーゼ、雨が降るかもしれない。早めに戻った方がよさそうだ」

「あら、本当ですね」

校舎の中に戻り、迎えを呼ぶ。馬車が来るまでの少しの間、俺たちはもう一度校舎を歩いた。

今の俺には見慣れた風景なのに、一度目の俺の記憶にはない。校舎のぬくもりも、生徒たちの声も。生徒会室も、裏庭にはタンポポがいっぱい咲くことも。同じ場所のはずなのに、何も変わらないはずなのに、何もかもが違って見える。

「学園、楽しかったな」

やりたいことばかりやっていたはずの一度目の時よりもずっと。隣のリーゼを見て微笑む。

一度目の俺は天気も気にしなかった。暑ければ扇《あお》ぐ係がいたし、雨ならば傘係がいた。俺が快適に過ごすために誰が汗だくになろうが、びちょぬれになろうが、知ったことではなかった。

空を見上げる。リーゼが家に着くまで、天気は保つだろうか。

「クラウス様が着くまで降らないといいのですけれど」

「えっ？」

同じことを考えていたことに浮かれた気分になった。だから「君さえ守れれば俺などびちょびちょでもいいんだ」などと、ちょっとキザなことを言いたくなった。

「俺は別に濡れても構わないさ」

格好をつけて「君さえ守れ……」と続ける前に、リーゼが言葉を被せてきた。

「構わなくないですよ。風邪でも引いたらどうするのですか。クラウス様が出席できないとなれば、卒業式も卒業パーティーも延期になるかもしれないのですよ。皆が困るのです。分かっていますか？」

返す言葉もなかった。

ちなみに結局雨は夜まで降らなかったし、俺は風邪を引くこともなく、無事に卒業を迎えた。

◆◇◆◇◆

その日、学園のホールでは卒業パーティーが行われていた。一度目の俺がリーゼに婚約破棄を突きつけた日だ。

俺はリーゼをエスコートして進む。リーゼは今日のために誂《あつら》えたという質のよいドレスに身を包み、軽く化粧をしている。今ならば、そのドレスはマナーを守りながらも贅沢すぎないギリギリのラインで、庶民の生活に気を配っているのだと分かる。一度目の俺ならばそんなことに気が付かず、地味で華がないと鼻で笑うだろう。何も分かっていない馬鹿野郎だ。

「今日はどなたかが婚約破棄をなさるかしら？」

「婚約破棄？」

ギクッとして聞き返すと、リーゼは少し困ったように目尻を下げた。

「卒業パーティーでの婚約破棄は定番らしいですよ。なんでも、この場で皆が見ている前で宣言すれば、親にも覆せないから、ですって。貴族の婚姻は家と家の繋がりを重視するものだから、相性が悪い場合もありますものね」

困ったこと、とリーゼは首を傾けながら話し、俺は肝が冷える。

「だからといって、この場で破棄するのは得策ではないと思いますわ。重要だからこそ結ばれた婚約でしょうに」

「そ、そうだよな」

「まぁ、でも、その後どうなるかを考えられないような脳が足りない方となら、縁を切ることができてむしろ幸いかもしれませんね」

思い当たることが多すぎて何も言い返せず、「うっ」と胸を押さえた。

「ま、まさかとは思うが、リーゼが婚約破棄するなんてことは、ないよな？」

「あるはずがないではありませんか。皆のための卒業パーティーを自分の都合で空気も読まずに台無しにするほど、わたくしは馬鹿ではありませんよ」

「そそそうだよな」

皆のパーティーを台無しにする馬鹿……。

一度目を思い出しかけた、その時。

「お前との婚約を破棄する！」

覚えのある台詞が響き、俺はびくぅぅぅっと肩を飛び上がらせた。

慌てて自分の口を押さえる。今のは俺の口から出てないよな、大丈夫だよな？

「あら、始まってしまいましたね。残念」

口を押さえたまま声が聞こえる方に顔を向けると、男が偉そうに婚約者らしい女性を睨みつけ、婚約破棄の理由をつらつらと述べていた。成績が悪く、器量もよくない、伯爵家に相応しくない、とか聞こえてくる。耳を塞いでしまいたい。

会場は静まり返っているが、大ひんしゅくを買っているのは雰囲気で十分に分かる。恐る恐る見回してみれば、ほとんどの人が白けた顔をしていた。

伯爵令息だという彼でこの状況なのだ。王子であり、既に見限られていた当時の俺は、どんな目で見られていたんだろう。想像するだけで汗が吹き出してくる。

滝に打たれたい。

ザバーッと打たれて、身も心もキレイなクラウスになってしまいたい。

無理なのは知っている。

「彼女はもう終わりだ、みたいな言い方していますけれど、終わりなのはどう考えても彼の方ですよね。廃嫡《はいちゃく》間違いなしでしょうに」

「そ、そうだな」

哀れみの籠ったリーゼの目から、俺はそっと目を逸らした。

その婚約破棄の主役たちが退場すると、その余韻に浸ったなんともいえない空気がホールを包んでいた。

「せっかくのパーティーですのに、気まずい雰囲気になってしまいましたね」

リーゼが苦笑する。俺はリーゼの手を引いた。

「リーゼ、来てくれ」

「え？」

「この空気を変えるのは、俺の仕事だろう？」

一度目はもう変えられないけれど、今と未来ならば変えられるはずだ。

俺はたった今その馬鹿がいた場所にリーゼを連れて出て、もやもやした空気を切り裂くように声を張り上げた。

「リーゼ！」

嫌でももともと注目されている第一王子の俺だ。その声で会場は静まり返り、視線が一気に集まるのを感じた。空気を読まない馬鹿がまた出てきたのか、そう思われただろう。実際その通りだ。俺は馬鹿だった。いや、今もきっと馬鹿だ。

立ち位置は一度目の人生と逆、リーゼが上座で俺は下座。

婚約破棄の話をしていたからだろうか、リーゼの表情が強張ったのが分かった。

「リーゼ、聞いてほしい。俺は、本当にどうしようもない馬鹿なんだ。君がいつか嫌いだと言っていた、そんなひどい男なんだ。自分一人じゃ何もできないのに、それに気が付かないばかりか人の気持ちも考えられなくて、君をたくさん傷つけた」

一度目の人生、君はどんな顔をしていただろう。どれだけ傷ついて、どれだけ惨めな思いをしただろう。君の人生を台無しにしておいて、俺はそれが当然だと思っていたんだ。

今更どんなことを言ったって、かつてのリーゼを救うことなどできない。許されないことだなんて分かっている。

「努力はしているつもりだけど、仕事も皆に支えてもらってばっかりだ。王族として頼りないし、一人の男としてもできた人間じゃない。だけど、俺は君と一緒に国をよくしたい」

鉱山の仲間たちの顔が浮かぶ。彼らは今日も山に潜って、危険と隣り合わせになりながら一生懸命働いている。そんな彼らが笑顔になれるような国を作りたい。孤児でも好きなだけ学べて、やりたい仕事につけるような、そんな国にしたい。

リーゼと一緒に。

「これからも俺は間違ったことをするだろうし、君に嫌だと思われることもあるかもしれない。だけど、俺にできる限り、君を幸せにするって約束する。絶対に幸せにする。だから……」

リーゼの前に一歩進んで跪く。

「俺と結婚してください」

一度目の馬鹿な俺は、たくさんの間違いを犯した。取り返しのつかない過ちも犯した。それを鉱山と二度目の人生で思い知った。

幸いなことに、やり直す機会をもう一度だけもらえた。

だから俺は全力で国をよくできるように努力する。

おこがましいことは百も承知だ。一度目の君をあれだけ傷つけておいて、今更何を言っているんだと言われたらその通りだ。だけど、同じ間違いは絶対に犯さないから、だから。

俺に君を幸せにするチャンスを、もう一度だけもらえないか？

しばらく、リーゼも、観客たちも、誰も言葉を発しなかった。ただ自分の鼓動だけがうるさく響いている。

駄目だったか。

顔を上げてリーゼを見ると、彼女はどうしてか泣きそうな顔をしていた。そして何度か小さく頷いて「はい」と言った。

俺は立ち上がってリーゼを抱きしめた。

割れんばかりの拍手が会場に鳴り響く。

「ありがとう、リーゼ」

そっと囁いた声は、きっとリーゼ以外には届いていない。

「空気の読めない馬鹿ですまない」

そう呟くと、リーゼは腕の中で肩を震わせて笑った。

「では、わたくしも一緒に馬鹿になります」

リーゼは俺の胸を押すとグッと伸び上がり、そして俺たちの唇は重なった。

遠くでさらに大音量の歓声と拍手が鳴り響いていた。

4章　三度目の人生　後編

　学園を卒業したあと、俺は正式に立太子された。障害は特になかったと言っていい。もともと国王と王妃の長男という身分だし、筆頭公爵家当主であり現状この国で一番の権力を握っている宰相が俺についていている。その娘リーゼと婚約までしているのだから、身分は最強、後ろ盾も最強。これで立太子されなかった一度目の俺よ。どれだけやらかしたというのだ……と黒歴史を思い出しかけた時に、リーゼに声をかけられた。

「立太子おめでとうございます」

「ありがとう、リーゼのおかげだ」

「いいえ、クラウス様が努力された結果ですよ」

　可愛い。

　今までも正式な婚約者であったけれど、卒業パーティーで結婚してほしいと告げて頷いてもらってから、リーゼは俺をチラチラと見たり、時折顔を赤らめたりするようになった。これはもう完全に俺を意識してるだろ！

　はあぁぁ、早く結婚したい、結婚したい、結婚したい、結婚……。

「いい雰囲気なところ申し訳ございませんが、仕事が詰まっております。ぎっしりと」

「ラファエル、少しくらい、いいだろう？」

ラファエルは文官で俺の側近だ。宰相と同じ派閥の公爵家の次男で、リーゼとは小さい頃から家同士で付き合いがあったという。俺たちの一学年上の首席で、非常に仕事もよくできる。さらに腹の中は黒いくせに見た目は爽《さわ》やかイケメンだ。勝てる要素が一つもないのに、幼馴染みだからとリーゼとの距離が近いので、俺はいつもこいつを警戒している。彼に結婚を予定している恋人がいなければ、王子権限で執務室から追い出していたかもしれない。

「半年後に殿下が婚姻を結ぶために忙しいのですけれど、延期しますか？」

俺はスッと着席した。延期するはずがないではないか。

「まずはこちらにサインを」

ラファエルがニヤッと笑って書類を俺の前に置いた。

立太子されたことにより、俺の権限が大幅に広がった。俺の判断、サインだけで動かせるようになるこの時を、俺はずっと待っていたのだ。俺もラファエルにニヤッと笑い返し、書類にサインした。責任は当然伴うものの、これでやりたいと思っていた事業がいくつも動き出す。

後日宰相にいきなり動かしすぎだと叱られたけれど、後悔はしていない。

俺は立太子を機に王太子の部屋に自室を移した。リーゼも少しずつ荷物を移動し、城の客間に居を移している。いずれ結婚すれば王太子妃の部屋、つまり今は空いている俺の自室の隣へ移ることになる。

考えただけでドキドキしてきた。

結婚する気しかないけれど、実際にこうして同じ城の中で生活するようになって実感が増してきて、それと同時に落ち着かない気分になる。そわそわしてしまって仕方がない。

「殿下、サインください。それから落ち着いてください」

どうやら俺は意味もなく部屋の中を動き回っていたらしい。

「殿下はずっとこの調子だし、宰相はピリピリして機嫌が悪いし、板挟みになる私の気持ちも考えてくださいよ」

「すまない」

それから数日後の城の一室。俺は鏡に向かって鋭い目つきをしていた。それから微笑んだ。なるべく優しく見えるように、少しだけ口角の上げ具合を変えてみる。次にキリッとした表情を作ったところで、リーゼとラファエルが入ってきた。

「殿下、何をやっているんですか?」

「威厳を出す練習」

ラファエルが「ブッ」と吹き出したのが聞こえた。

「笑いごとじゃないぞ。王太子となったからには見栄えだけでも威厳がなければ、誰も従ってくれないじゃないか」

見栄えだけでも、という部分を強調して言う。分かっている。俺よりも優秀な人はいくらでもいる。だけど俺の実態がどうであれ、王太子がなよなよしているわけにはいかないのだ。

俺はもう一度鏡を見ながら、顎の角度を調整した。

「こんな感じでどうだ？」

「それで命じてみてください」

「『その通りにせよ』……こんな感じか？」

「もう少し声が低い方が威厳は出る気がします。それから下を見すぎですね。あまり重視していない案件のように見えてしまいます」

「顎を引きつつ目線は上げるって難しくない？」

アドバイス通りに少し目線を上げると、鏡越しにニヤつくラファエルの姿が映った。それを言い訳に、俺は顔を戻す。ついでに自分の手で顔をぐにぐにと揉《も》む。表情筋が疲れた。

「おい、笑うなって。そんな顔するならラファエルがやってみろよ」

「私ですか？　私はしがない公爵家の次男坊ですから」

「関係ないだろ。お前だって命じる必要がある時もある」

仕方がないと観念したのか、ラファエルは軽く咳払いをしてから真面目な顔になった。そしてスッと俺の前に書類の束を差し出した。

「この書類を明日までに確認し、サインしておくように」

何をしても器用な男は、表情の作り方も完璧だった。勝てる気がしない。

「かしこまりました、しか言えない」

「それはよかったです。お願いしますね、殿下」

「えっ、本気だったのか？」

途端に笑顔に戻ったラファエルに書類を渡された。ちょっと多いと思う。

「もうさ、ラファエルが玉座に座ればいい気がしてきた」

ボソッと呟くと、さすがのラファエルも慌てたように否定してきた。

「冗談でもやめてくださいよ。宰相に殺されますって」

「だってお前のができるもん」

「なんでいきなり拗《す》ねるんですか。殿下には殿下にしかない魅力がありますよ」

ラファエルは助けを求めるように「ね、リーゼ？」と顔を向ける。リーゼは「そうですね」

とクスクス笑った。

「あ、そうだ、もし仮に、仮に、ですよ！　私と殿下の立場が入れ替わったとしたら、リーゼと結婚するのは私になりますね？」

……なぬ？　それは許せるはずがない。俺はシュッと背筋を伸ばし威厳のある顔を作った。

「それはならぬ」

「殿下、その顔、わりといいと思います。威厳出てます」

「そうか？」

顔を崩さないようにそのまま鏡を覗く。表情を作るというのはなかなか難しい。

「リーゼも練習したりするのか？」

「しましたよ。わたくしの場合は立ち居振る舞いの教師がおりましたから、表情だけでなく手や身体の動かし方まで、マナーと共に一通り勉強しました。女性は学園でもそのような講義がありましたけれど、男性はなかったのですか？」

俺はラファエルと顔を見合わせた。学園では男女別の講義もそこそこある。男性だけで受けたマナーの講義はあったけれど、そんなに大変ではなかった。どうやらこういった立ち居振る舞いというのは、女性の方が厳しいらしい。

「リーゼ、もしよければ見本を見せてくれないか？」

「構いませんけれど、男性と女性では違いますから、お役に立てるかは分かりませんよ」

リーゼはふわりと椅子に座り直すと、姿勢を正した。

その瞬間だった。一瞬にして空気が変わった。

スッと伸びた背筋、ドレスの上に置かれた手や腕は完璧な角度だ。わずかに顎は引かれ、表情は柔らかいのに瞳には強さが宿っていた。ゾクッとした。俺は思わずその場に跪きたくなった。ひれ伏さなきゃいけないような、そんな圧倒的なオーラがその場を支配していた。

もはや王妃の佇《たたず》まいだった。令嬢ではなく、王太子妃でもなく、王妃。それも現王妃である母よりもずっと洗練されていて、威厳があるのと同時に慈愛溢れる微笑みだった。

リーゼは視線をゆっくりと移し、俺の目と重なった。射貫かれた。そう感じた。

そして優雅に軽くだけ首を傾ける。

「いかがですか？」

俺はゴクリと唾を飲み込んだ。声が出なくて、ただコクコクと頷いた。

その瞬間に支配されていた空気がパッと緩んだ。

「参考になりましたか？」

「……すごかった」

なんともひどい感想だと思う。だけど本当にすごかったのだ。心臓が止まるかと思った。

どうやらラファエルも俺に近い気持ちだったらしい。俺に同意するように、ただ頷いている。

「でも、あの、なんだ、その、公の場以外では、今のは控えてくれると助かる」

「どこかよくないところがございましたか？」

「いや、ない。完璧だった。リーゼに問題は全くない。だけど2人の時は、ちょっとまずい」

「何がまずいのですか？」

「それは、その、こちらの問題だから、気にしないでくれ」

……変な扉が開きそう。

◆◇◆◇◆

立太子から半年。

少しずつ準備を重ね、俺たちは結婚式の日を迎えた。

儀式は二度目の俺が育った、今の俺とリーゼにとっても馴染みとなった教会で行われる。

朝から俺とリーゼは別行動で、控室も別だ。リーゼが着ることになっているドレスは事前に見ているが、身にまとった姿を見るのは式の最中が初めてになる。

この日のために準備された正装を身にまとい、ブローチやら装飾品をこれでもかとつけられた。男の俺でそうなのだから、リーゼはもっと大変だろう。

準備が整い呼ばれると、俺はリーゼより一足先に聖堂の中に入った。

事前に打ち合わせていた通り、内装はとても豪華だった。もっと小さく質素な式でよかったけれど、そうもいかなかった。王家の威厳を示す必要があるからだ。

俺はゆっくりと指定の位置まで進み、リーゼを待った。リーゼは彼女の父である宰相と共に入場し、途中で宰相と俺がエスコートを交代する流れになっている。

扉が開いたのが分かった。だけど俺は前を向いていなければならないので、入ってきたはずのリーゼの姿を見ることはできない。少し不安になる。本当にリーゼはそこにいるのだろうか。俺のところに、来てくれるだろうか。

もしかしてこれは俺に都合のいい夢なんじゃないだろうか、と思った。俺はリーゼに一方的に婚約破棄をした。だから今度はリーゼが結婚式で逃げ出すんじゃないだろうか。そんなことも思った。「貴方と結婚などするはずがないではありませんか」とウエディングドレス姿のリーゼに言われる夢を見て、飛び起きたこともある。

長い時間待った気がする。祈るような気持ちで足音に集中すると、少しずつ近づいてきて止まり、ふわっとドレスの裾が見えた。振り返ると、リーゼがいた。

俺は思わず息をのんだ。周囲の音が消えて、リーゼだけが輝いているように見えた。

リーゼがわずかに目線を上げて俺はハッと意識を取り戻し、宰相から引き渡されてリーゼの手を取った。そして一歩ずつゆっくり進む。

「リーゼ、綺麗だ」

リーゼにしか聞こえないようにそっと囁くと、リーゼがかすかに笑ったのが分かった。

「クラウス様も、素敵ですよ」

一歩一歩、ゆっくり進む。ドレスには慣れているリーゼだが、それでもこの重厚で裾の長いドレスで歩くのは大変そうだ。

「宝石だらけでとても重いのです」

「だろうな」

厳《おごそ》かな雰囲気の中でリーゼの歩幅に合わせながら前面まで到着すると、リーゼと並び、神父さんと向かい合う。一通りの誓いが終わると、神父さんは俺たちを祝福してくれた。

彼はこの式を機に、長年務めた神父の座を辞することが決まっている。神父さんは、もういい歳だ。ゆっくり余生を過ごすつもりなのだろう、と思ったが、違うらしい。

「殿下を見ていたら、まだ私にもできることがあると思いましてね。各地の教会を回ろうと思っているのですよ」

式の打ち合わせの時にそう言っていた。この教会は規模も大きく恵まれているが、そうでない教会も多い。状況を把握して改善するために、動ける限りできることをしたいと言ってくれた神父さんに、俺からも頼みますと伝えた。ただし、神父さんの体調優先で。

「誓いのキスを」

神父さんに促され、リーゼのベールを上げる。一度目の鉱山の村での村民の結婚式で、新郎と新婦は幸せそうに笑い合っていた。俺とリーゼがそうなる日が来るとは、その時には全く考えられなかった。やっぱりこれは何もかもが都合のいい夢なんじゃないかと思えてくる。

そっと唇を重ねた。短い間だったけれど、確かにリーゼの温かさを感じた。

そして微笑み合った。夢じゃなかった。

◆◇◆◇◆

ウエディングドレス姿のリーゼは可愛かった。

もう一度言う。可愛かった！

可愛いだけじゃない。とても綺麗だった。全身から滲み出る気品はリーゼが磨き続けてきたものだし、その所作の一つ、目線の一つが全て美しかった。慈愛溢れる笑顔はもはや女神だった。その姿を思い出す度、今のこの状況はいけないのではないかと思えてならない。

「ちょっとは落ち着いたらどうですか」

ラファエルが苦笑する。

俺は部屋をそわそわと歩き回っていた。長く息を吐いてみても、鼓動の早さは変わらない。

「落ち着けるわけがないだろう」

今は結婚式を挙げた夜。そう、いわゆる初夜というやつだ。

俺は自室でそのための準備をしていた。念入りに、それはもう念入りに湯浴みをして、真新しい夜着に身を包んだ。歯もきっちり磨いたし、爪も切った。準備は万事整っている。

だが、相手は女神だ。俺のものにしてしまいたいが、穢してはいけない気がする。

だがしかし。この日をどんなに待ち望んでいただろう。何度も頭の中でシュミレーションしては悶えてきたのだ。

それなのに実際にいざその時となってみると、なぜかそんなつもりじゃないのです申し訳ございませんでしたと謝り倒したい気分になるのはどうしてだろう。まだ何もしていないのに罪悪感が湧いてくる。

とりあえず、思考が飛びまくっている。考えがまとまらない。

要するに情緒不安定だ。

「殿下、挙動不審ですよ」

情緒だけでなく挙動まで不審だったらしい。

「それでは妃殿下が怖がりますよ。落ち着いて、堂々としていてください」

「妃殿下か！」

「反応されるところ、そこです？」

その呼び名に慣れていない。つい先ほど結婚したので、呼称も変わったのだ。殿下と妃殿下、対になる感じがなんともモゾモゾする。いいな、へへへ。

「というか、なんでお前がいる？」

ラファエルはなんでもこなせる万能な男だが、文官なので、俺の身の回りの世話は職務内容に含まれていないはずだ。実際には儀式の際は、俺を飾り立てる総監督みたいになっているが。

「最後まで見張れと宰相に命じられました。宰相に乗り込まれるよりはマシでしょう？　諦めてください」

「なるほど……最後？」

「寝室に送り出すまでって意味ですよ。さすがに覗く趣味はありませんからご安心を」

ラファエルが面倒そうな顔をする。確かにこの場で義父となった宰相に睨まれるのだけは勘弁願いたい。ラファエルでよかったと思うことにしよう。

「普通ならば女性の方が緊張されるのですよ。殿下はそれをほぐして差し上げないといけないのに、殿下ががちがちに緊張してどうするんですか」

「そうは言っても、なぁ。分かるだろう？」

「いいですか、いきなり襲いかかっちゃ駄目ですよ」

「そんなことするわけがないだろう。イメージトレーニングだけはバッチリだから大丈夫だ、と思う、たぶん」

「それは……」

俺がぐっと拳を握ると、ラファエルはなんとも言えない表情で俺を見てきた。あれは気持ち悪いと言いたいが自分にも思い当たるところがあるから言えない、という顔だな。

ラファエルが俺の姿を確認して、裾を少し直した。

「準備ができましたよ。どこか気になるところはありますか？」

気になるところはないが、困ったことならある。脇汗が止まらない。

上手くことが運んだとして、初夜の感想が「臭かった」だったらどうしよう。

「もう一度湯浴みをした方がいいだろうか？」

「ブフッ、失礼しました。妃殿下を待たせてしまうのはよろしくないかと」

「ラファエル、笑いごとじゃない」

「笑わずにどうしろっていうんですか」

濡らしたタオルで身体を拭《ふ》く。服を整え直したら、もう逃げる要素がなくなってしまった。寝室に着くまでに気持ちを整えたいところだけれど、残念ながらそのような距離はない。俺の自室と寝室は扉一つで繋がっており、その扉は既にドーンと目の前に鎮座している。ごく普通の扉のはずが、今日だけはまるで越えられない壁であるかのように、いやに巨大に見える。

この扉の先に女神がいるかもしれない。いや、いるはずだ。いてくれないと困るのだけれど、もしかしたらいないかもしれない。

「リーゼはいるだろうか?」

扉を見つめながら遠い目で呟くと、ラファエルは呆れたように息を吐いた。

「いるに決まっているではないですか。殿下、どれだけ自信がないのですか。妃殿下がこの期《ご》に及んで逃げるわけがないでしょう」

「本当は逃げたいんじゃないか?」

「それはご本人にお聞きくださいよ」

いかにも面倒だという顔でラファエルが答え、ざっと跪いた。他の側仕えたちもそれに続く。

「殿下、婚姻おめでとうございます。よい夜を」

こういう時だけきっちり臣下っぽく振る舞うのだからずるい。扉を開ける以外の選択肢がなくなったじゃないか。もともと逃げるつもりなど、これっぽっちもないのだけれど。

「ありがとう」

一応堂々と見えるように皆に礼を述べると、俺はゆっくりと扉に手をかけた。

寝室に入ると、リーゼは椅子に腰掛けて本を手にしていた。俺の姿を見るとパタンと本を閉じ、立ち上がる。まずはリーゼがいたことに安堵《あんど》した。

「すまない、待たせたか？」

「……いいえ」

俺と同じで湯を浴びてきたのだろう。ドレスではなく夜着姿で、化粧は一度落として気持ち程度に整えられている。緩く結われた髪、ほのかな香り。昼の式での女神的な美しさとは違って、それはリーゼの形をしていた。

心なしか、それとも薄い化粧なのか、リーゼの頬が赤い。顔が強張っているのを見て、何か言わなきゃと思った。まずは緊張を解きほぐせ、である。

「あの、その、えっと、リーゼ」

駄目だ。初めて見る夜着姿に目を奪われまくっている。少し扇情的で身体のラインが出ていて、思わず目がそちらにいった。ゴクリと唾をのむ。どうにも目が離せないけれどなんとか離さなくちゃそっちを見てはいけな……くはないのではなかろうかだって今はそういう時だしやましいことなどなにもいややましいことしかないけれどとりあえずいったん静まれ心の声よ！

首を軽く振って雑念を振り払う。だけど湧き上がる方が早くて、振り払えるはずもない。

俺の目線に気が付いたのか、リーゼがクスッと笑って、その場でくるりと回った。裾がふわりと軽く上がり、細い足が見えた。

クラリとした。堂々としていろ？　無理がある。

「似合いますか？」

「あ、あぁ、とても。昼も女神だと思ったが、今も、とても綺麗だ、本当に。すまない、どう表現したらいいのか分からない。だけど、とても似合っている」

リーゼは嬉しそうに、はにかんだ。

「クラウス様、今日からは婚約者ではなく妻として、どうぞよろしくお願いいたします」

リーゼは夜着を軽くつまみ、優雅にお辞儀をした。ハッとして、俺も背筋を伸ばす。

「そうか、俺たちはもう夫婦なんだよな。こちらこそよろしく頼む」

ここはスマートに手を差し出し、エスコートして寝台に誘導するところのはずだ。さっと手を出しかけて気が付いた。無意識に握りしめていた手は、ぐっしょりと手汗で湿っている。

「ちょ、ちょっと待って」

手を重ねようとしていたリーゼが「えっ？」という顔で見つめる中、俺は自分の夜着で手をゴシゴシ拭いた。

「ごめん、手汗が」

「まぁ」

リーゼが笑う。どうしてこう、カッコいい感じにならないのだろう。でもまぁいいか、リーゼが笑ってくれたなら。

今度こそ手は重なり、２人で寝台に腰掛けた。

「リーゼ、その、だな、この状況で言うのもなんだが、今日は式もあって疲れているだろう。だから無理をしなくてもいい」

「クラウス様はお疲れですか？」

「いや、そういうわけではないけど……」

「嫌なのですか？」

「そんなわけないだろ！　嫌だったら緊張なんてしない」

俺が目を泳がせて口ごもっていると、リーゼが俺の手を取った。驚いて肩が跳ねる。

「手に汗をかいているのに、指先が冷たいですね」

「冷静に分析しなくていいから」

俺が項垂《うなだ》れると、指先を温めるように手で包まれて、さすられた。

んぐぐ、それはまずい。心拍数が上がって、心臓が苦しい。

「リーゼ、俺、心臓発作を起こしそう」

ふいにリーゼが近づいてきて、唇に柔らかいものが一瞬だけ触れた。

ドクン、とひときわ大きく一度鼓動して、心臓が止まった。

俺はそのまま後ろにパタンと倒れた。寝台の柔らかいクッションに沈む。

上から覗き込んできたリーゼは、少し悪戯っぽい顔をしていた。

「少しは落ち着きましたか？」

この状況のどこを見てそう思うのか？　どう考えても逆だろう。

大きく息を吸って、吐く。鼓動が再稼働した。どうやら生きている。

「……リーゼはずいぶん余裕そうだな」

俺はなんだか情けない気分になった。俺ばかり緊張している。

「そんなことはありませんよ。とても緊張しています。この部屋に来てから、なんとか落ち着こうと思って本を開いてみましたけれど、全く頭に入ってきませんでした」

「そうは見えない」

「だって、クラウス様があまりにも緊張していらっしゃるから。わたくし以上にがちがちなのですもの。自分より余裕がない方を見ると、不思議と落ち着くものですね」

リーゼの顔が近くなる。のしかかられてはいないが、手を伸ばせば触れられる距離だ。

「クラウス様、わたくし、自分の容姿が優れていない自覚はあるのです。だけど今日は綺麗でしょう？」

まっすぐに見つめてくるリーゼの瞳に吸い寄せられる。本気で綺麗だと、そう思っているのに、コクコクと頷くことしかできない。

「侍女たちが頑張ってくれたのですよ。彼女たちの努力に応えるべきだと思いませんか？」

記憶を得て初めて会った時から、ずっと可愛いと思っていた。あどけない少女のはずだったのに、いつからこんな妖艶な雰囲気をまとうようになったのだろう。

リーゼが笑おうとする。だけど少しだけ引きつっていて、声も震えている。

あぁ、リーゼも緊張しているのか。そう思ったらもうたまらなかった。

俺はくるりと身体を反転させ、リーゼを寝台に縫い留めた。

「リーゼ……」

きっと今の俺は情けない顔をしている。こういう時こそカッコよく決めるべきなのに、全くできそうにない。

俺はたぶん一生リーゼに敵わない。

リーゼが小さく頷いたのを肯定の意だと受け取って、小さな唇にそっと自分のそれを重ねる。

二度目のキスは、長かった。

◆◇◆◇◆

「殿下、鼻の下を伸ばしていないで仕事してくださいよ」

側近のラファエルがこれ見よがしにため息をつく。

リーゼと婚姻を結んで3カ月。俺は最高に幸せだった。

「まだ新婚ってやつなんだから、少しくらい浮かれてもいいだろう？」

「少しならいいですよ。少しなら」

ジトッとした視線を感じた。どうやら少しじゃなかったらしい。

豪華な式にはそれなりの費用がかかったけれど、それを上回る経済効果もあった。側近たちもしばらくは緩い雰囲気だったが、早くもそれはもう終わりのようだ。

「気持ちは分からなくはないですけど、即位に向けて動かなきゃいけないんですから、しっかりしてくださいよ。でないと宰相呼びますよ？」

宰相という言葉が聞こえて、背筋がシャキッと伸びた。義父となった宰相は最近目が怖いのだ。リーゼを泣かせたらただじゃすまんぞ、という圧と同時に嫌がらせのように仕事を大量に持ってくる。リーゼを幸せにしろと言うわりには夕方までに終わらない量の書類を渡されるのはなんなんだ。一体どうしろというんだ？

ガチャ、と扉が開いて入ってきたのは噂をしていた宰相だった。

「おや、ずいぶんと進んでいらっしゃるようですな」

皮肉たっぷりの笑顔に執務室が凍った。

◆◇◆◇◆

結婚して半年。

リーゼの妊娠が分かった。それを告げられた時の感情は、どう表現したらいいか分からない。頭が真っ白になってしまい、固まってしまった。あとから考えれば完全に失敗だったと思う。リーゼから「喜んでくださらないのですか？」と不安そうに聞かれてしまったからだ。そんなはずがない。だけど喜びと驚きと心配が心の中で爆発して、感情という機能が一時停止してしまったのだ。望んでいたし、想定もしていたはずだったのに。

俺はリーゼを抱きしめて、言葉を絞り出した。

「嬉しい、とても」

それからしばらく、俺の顔が緩みきっていたことで側近たちに勘付かれてしまい、リーゼに叱られた。これもまた失敗談である。

婚姻の1年後、俺は即位した。

王位を引き継いだ、と言えば聞こえはいいが、実際のところは父から穏便に奪ったという方が近い。国庫を無駄に消費するだけの王は必要ない。宰相と意見が一致した俺たちは最短で俺が王位につけるように準備して、実現させた。

前国王と王妃である父と母、希望した父の妾たちは離宮に移動した。これからは限られた予算の中で生活してもらうことになる。今までお金を意識することなく自由に過ごしていた彼らにとっては不便な生活かもしれないが、俺から見ると十分すぎる手当だ。文句は言わせない。

それから数カ月。

「陛下、落ち着いてください」

「落ち着けるわけがないだろう」

リーゼが産気づいたのは早朝のことだった。医者や産婆《さんば》が駆けつけたものの、まだ生まれないからと俺は執務室に追いやられている。だけど、この状況で仕事が手に付くはずもなかった。

「ちょっと様子を……」

「見に行ってからまだ全然経っていません。さっき王妃様に大丈夫だと言われたばかりでしょう。そんなに頻繁に来られたら、王妃様だってきっと気が散りますよ」

俺は座り直して書類を眺める。やっぱり頭に入らない。

そんな長い時間を過ごしたあと、もうすぐだと言われてリーゼのいる部屋に向かった。扉からリーゼの苦しそうな声が聞こえるのに、部屋の中には入れてもらえなかった。あまり信じていないはずの神様に祈りまくっていると、中から何やら泣き声が聞こえて、侍女が出てきた。

「無事に産まれました。もう少しだけお待ちください」

力が抜けるのを感じた。次に教会に行ったら、お礼の祈りを捧げようと心に決めた。

少しして案内され、部屋に入ると、リーゼは寝台で軽く上体を起こしていた。その腕にもごもごと動く小さな生き物がいた。リーゼは俺を見ると、ふっと表情を緩めた。

「リーゼ、大丈夫か？」

「今はまだ動けませんけれど、無事ですよ」

「そうか、よかった……」

それしか言葉が出なかった。俺はこういう時、何も言えなくなる。本当はもっと言葉で伝えるべきなのは分かるのに、どうしても適切な言葉が見つからないのだ。

リーゼが少し身体を傾けて、赤い不思議な生き物を俺に見せた。それが俺たちの子なのだということは理解しているが、どうにも実感が湧かなくて、ただ不思議だ。

「……女の子です」

「そうか」

リーゼが少しだけ言いにくそうに、子の性別を告げた。男でも女でも、どちらでもよかった。

「陛下、抱いて差し上げては？」

「どっ、どうやって抱いたらいいんだ？」

産婆に促されてリーゼと赤子を交互に見ると、リーゼは呆れた声を出した。

「それをわたくしに聞くのですか？　わたくしだって初めて子を抱いたばかりですのに」

「あっ、そうだよな」

お腹にいる子を抱けるわけがないと言われて、そりゃそうだと思い直した。なんとなくリーゼは当たり前にできる気がしたのだけれど、言われてみればリーゼにとっても初めてなのだ。

産婆の方を向くと、やり方を教えてくれた。俺が腕で形を作ると、そこに赤子が置かれた。

「おおおお落としたらどうしよう」

カチカチに固まっていると、周りから笑い声が漏れた。

「陛下、大丈夫です。そのままそのまま」

リーゼが「お父様ですよー」と子に向けて言った。そうか、俺がお父様なのか。

赤子はほんわりと温かくて、不思議な匂いがした。何かを察知した赤子がむにっと動いた。

あっ、可愛いな。

そう思った瞬間に赤子が泣き出した。

「どどうしたらいい？」

俺は本気で焦っているのに、なぜか皆に笑われた。


リーゼと赤子のために侍女を増やし、乳母を採用した。それでも赤子の世話は大変なようだった。一方で俺は仕事が非常に忙しかった。即位したばかりということもあり、また、リーゼがやってくれていた仕事も担うことになったからだ。婚姻を結んだあとは嫌がらせのように仕事を大量に持ってきた宰相だったが、今回は逆に減らせるように協力してくれた。それでもリーゼと赤子と過ごせる時間は限られていた。

幸いなことに、俺たちの長女はすくすくと成長した。コロリと回ったり、ハイハイしたり、それはもう可愛い。この子が生きる未来のためと思ったら、仕事にもより力が入った。

長女が2歳を越えて少し、リーゼが2人目の子を産んだ。

「また女の子でした」

少し残念そうにリーゼは言った。

「無事に産まれたんだ。性別はどちらだっていい。……可愛いな」

長女の時は不思議な生物だなと感じたけれど、次女は最初から可愛く見えた。長女には申し訳ないが、あの時は俺にも余裕が全くなかったのだ。

「リーゼ、ありがとう」

俺の言葉も少しだけ増えた。


次女は長女に比べて少し体が弱かったが、それでも元気に成長した。2人の姫は本当に可愛くて、宰相が俺に目を光らせる理由が少しだけ分かってしまった。この姫たちがいつか別の男のものになるのかと思うと、今から相手を殴りたくなってくる。

俺はリーゼにも2人の娘にも文句があるはずがなかったが、残念ながら周りはそうは見なかった。この頃から俺は積極的に妾を勧められるようになった。男児を産ませようというのだ。妾の子には王位継承権がないが、王妃が養子として迎えれば王位を継ぐことも可能になる。

当然俺が頷くはずもなかった。それなのに、姿絵を見せられたり勝手に候補者たちとの面会予定を作られたりした。仕事の面会だと思って入った会議室に着飾った女性がいたこともある。

「ラファエル、王女にも継承権を持たせたい」

「そうおっしゃると思いました。でも難しいと思いますよ」

この国では女性には王位継承権がない。爵位を継ぐのも男性だ。特殊な事情がある場合に限り女性でも認められることがあるが、滅多にない。

「まずは女性全体の地位を上げることから始めましょう。反発も大きいかと思いますが」

「それでもやる。この件がなかったとしても必要なことだ。女だからという理由で活躍できないのは、国としても損失だ。実際に、俺よりもリーゼの方が優秀だろ？」

「また答えにくいことを。得意分野、不得意分野があるのですから、なんとも言えませんよ」

俺は目を丸くした。少し前だったらラファエルは迷わず「そうですね」と言ったはずだ。

「いい回答をするようになったな」

「鍛えられましたから」

俺がいくら気にしないと言っても、リーゼにはプレッシャーを感じさせてしまったらしい。

次女が産まれて3年経っても、次の子はできなかった。

ある夜、リーゼは静かに俺に言った。

「クラウス様、妾を迎えてください。わたくしは、次の子を産めるか分かりません」

思わず押し倒した。リーゼが悩んでいることは知っていたけれど、リーゼにだけは言われたくなかった。妾だ妾だと言われて苛立っていたこともある。

「誰かにそう言えと言われたのか？」

「違います。でもわたくしは、王妃の義務を果たせていません」

「王妃の義務なら、もう十分に果たしている。妾は絶対にない。何度も言っているだろ。絶対にないから。俺にはリーゼだけだ」

「ですが……」

リーゼが言葉を発する前に、口を塞いだ。それ以上聞きたくなかった。

翌朝我に返った俺は頭を抱えた。リーゼはすごく悩んでいたのに、勢いで押し倒すとか最悪だ。俺はリーゼに詫びた。そしてできる限り思っていることを伝えた。女児だけでもいいこと、娘が王位につけないなら養子を迎えることも可能なこと、妾はありえないこと、ましてや離縁など絶対に嫌なこと。跡継ぎが産めないという理由で離縁になるケースも、貴族では少なくはないからだ。リーゼはどこか晴れやかな顔で笑って許してくれた。

その日からリーゼには明るさが戻ってきたように見えた。少なくとも俺に妾を勧めることはなくなった。

それから1年後、リーゼは男児を産んだ。

「リーゼ、ありがとう」

ひどく安堵した表情で、彼女は微笑んだ。

◆◇◆◇◆

一度目の人生で荷馬車のような乗り物に乗せられて通った道を、それよりはずっと過ごしやすい王家の馬車で進むこと数日。それでも道が悪くガタガタと揺られてようやく到着したのは、俺が長年を過ごした鉱山だ。側近たちはなぜ俺がここに来たいと言うのか不思議がっていたけれど、なんだかんだと理由をつけて説き伏せること数年。やっと来ることができた。

今回の訪問にリーゼはいない。乳母たちがいるとはいえ幼い子供たちを放ってはおけなかったし、快適な旅ではないことが分かっていたので、俺だけで来ることにしたのだ。寂しい。

馬車を降りると、見渡す限り山、山、山。そしてその合間に見えるのは懐かしの集落だ。

「まずはこちらへ。足元にお気を付けください。王都の道とは違いますから」

俺を先導する男は、今この地を管理している官僚だ。鉱山からは利益を取れるだけむしり取ればいい、というスタンスだった前管理官は辞めさせ、ついでにそれを黙認していたこの地の領主も代替わりさせた。若い視点を持った新領主と俺が見込んだ官僚によって、鉱夫たちの待遇はよくなっているとの報告は受けているが、果たしてどうだろうか。

「このような粗末な部屋で申し訳ございません」

「いや、十分だ。まずは状況を聞こう」

通された小屋の部屋は、かつて親方が近隣の親方たちとの話し合いや、当時お偉いさんと呼んでいた人たちとやり取りするために使っていた部屋だ。何度か来たことがあったが、どうやら内装を整えたらしい。雰囲気がだいぶ変わっていた。

そこで聞いた状況は、報告を受けていたものと変わらなかった。今までのずさんな管理からきっちりと記録されるようになり、それだけで鉱夫たちの手取りはかなり増えているはずだ。

報告を終えると、俺と管理官は外に出た。そこには俺の護衛の他、管理官が連れてきた護衛が数人いた。間違っても俺に危害を加えないためだという。鉱夫たちにとって、王族は「最も残酷な方法で苦しめて殺してやりたいクソ野郎」だ。かつて親方がそう言っていた。俺は親方や仲間たちがいきなり襲いかかってくるような人でないことを知っているが、万が一の時にも屈強な鉱夫たちを抑え込めるようにと、護衛を多くしたらしい。

鉱山の入口に向かってぞろぞろと歩く。

「本当に行くのですか？　村も山も、陛下にお見せできるようなところではありませんよ」

「視察に来たのに現場を見ずにどうする。それとも、見られたらまずいものでもあるのか？」

久しぶりすぎる鉱山にわくわくと不安と緊張を隠して管理官を見ると、彼は慌てる様子もなく真顔で答えた。

「あるに決まってるじゃないですか。まだ改善途中でいろんなところがガタガタなんですよ。ちょっとずつ手をつけてますから、お目こぼしをお願いします」

「正直だな」

「嘘をついても仕方がありませんから」

鉱山の入口には、鉱夫たちが並んでいた。懐かしい顔の中に、親方の姿を見つけた。

俺に鉱山での全てを教えて、守って、導いてくれた恩人。そして共に働き、事故で死んだ人。

その親方が生きている。

親方あああぁぁぁ！　会いたかったです！　お、お、親方あああぁぁぁ！

俺は心の中で絶叫した。まずい。目の奥がツンと熱くなって、視界がぼやけてきた。今瞬きをしたら、涙が落ちる。

俺は慌てて後ろを向き、目を拭《ぬぐ》った。

「陛下、どうかされましたか？」

「目に埃か虫が入った。大したことはない。気にするな」

「あぁ、こちらは埃も舞うし虫も獣もいっぱいいますからね」

よく知っている。なにせ何年も住んでいたからな。

なんとか気持ちを落ち着かせて、かつての仲間たちと向かい合う。と言っても、俺が一方的に知っているだけだ。皆はいきなり現れた国王に緊張と戸惑いを隠せていない。

「皆、新しい服を着ているのだな」

「正直に言いますと、陛下がいらっしゃるというから新調したんですよ。ほら、靴も綺麗でしょう？　新品なのです。ちなみにいつもはもっとボロいです」

「本当に正直だな。そこは待遇を改善したのだと胸を張っておけばいいのではないか？」

「嘘をついても仕方がありませんから」

俺がクッと笑うと、皆も緊張気味ながら苦笑していた。この管理官のそんなまっすぐなところを買っている。思っていたとおり、彼と鉱夫たちの関係は悪くないらしい。

鉱夫たちの代表で親方が俺の前に進み出て膝を折った。所作が綺麗で、そういえば親方は貴族出身だったなと思い出した。

「このようなところまで足をお運びくださり、感謝申し上げます」

親方ああああぁぁぁ！　俺に！　頭を！　下げないで！

と心の中で再び絶叫したが、そういうわけにもいかないことを理解はしている。なにせ今の俺は国王で、親方は俺を知らない。

「出迎え感謝する。顔を上げてくださ……なさい」

敬語になりそうになって変な言葉遣いになった。顔を上げた親方もちょっと戸惑っている。

「ゴホン、君はなんと呼ばれている？」

「あ、えっと、ここの皆からは『親方』と」

「では親方。行くぞ」

「はい？　あの、どちらへ？」

「親方たちの仕事場に決まっている。案内してくれ」

俺が鉱山を指差して言うと、親方は目を丸くして、助けを求めるかのように管理官を見た。

管理官が慌てて俺の前に出る。

「陛下、さすがに鉱山の中は危険です。陛下をご案内するわけには……」

「その危険だというところでここにいる皆は働いているのだろう？　国民の仕事場なのに、私が入れないはずがない」

「いや、ですが」

なんとかして止めようとしてくる皆を振り払って、俺は鉱山に向かって足を進めた。どうしようという雰囲気を漂わせながら、ぞろぞろとついてくる。諦めたらしい親方の先導で鉱山の中に入ると、懐かしい独特の匂いがした。

「普段のように仕事をしてみてくれるか？」

俺の指示で鉱夫たちが岩を砕き始めた。俺も工具を持って参加する。

「なるほど、そのように岩を掻くのだな」

などと言いながら親方を真似るフリをして工具に力を込めるが、当時と違って全然進められない。筋肉が違うのだ。そりゃ、毎日こうしていた身体と書類仕事ばかりの今が同じであるはずがない。だけどやり始めたら当時を思い出して、必死になってしまった。

「ふぅ、なかなかこれは大変な作業だな」

立ち上がって額の汗を拭うと、皆が俺に注目していた。

「陛下、とてもお上手ですね」

「そうか？」

ふふん、当たり前だ。何年やっていたと思っている。いや思っていないだろうが。身体は違っても記憶はあるのだ。素人には負けない……とよく分からないことを思いながら胸を張ると、皆が目を丸くしていることに気が付いた。

しまったあぁ、ドヤッたあぁぁぁ。

素人には負けないって、素人だよ、今の俺！

「あ、いや、ちょっと夢中になってしまった、ははっ。見よう見真似だったが、上手くできていたか？　俺は真似るのが得意なんだ、ははっ」

自分で言っておいてなんだが、真似るのは苦手だし不器用だ。

「さ、さて、もう少し先まで行ってみたい。案内してくれ」

ごまかすように俺は先に歩みを進めた。親方はすっかり諦めたのか、俺の横に付き従ってくれた。案内しているように見せながら、危なそうな箇所を避けている。親方らしいなと思って顔が緩んだところで一つの分岐に当たり、緩んだ顔がサッと引き締まった。

「親方、この左の道は駄目だ」

一度目の時、この先で落盤があった。そこにいた鉱夫が戻ってくることはなかった。

入口から少しだけ中に入って見回す。あの時に比べてまだ道は進んでおらず、しばらく先に突き当たりが見えた。

「この先は危険だ。これ以上進めてはならない」

「こちらですか？　特に危険そうには見えませんが……」

俺はさらに中まで進んで壁に触れた。わずかに柔らかいところがある。親方にその箇所を指し示すと、親方も壁に手を触れた。

「絶対に駄目だ。これは命令だ」

他にも事故のあった場所を俺は知っている。足早にそちらに向かい、親方に危ないところを告げた。それをいくつか繰り返し、最後に立ったのはまだ穴のない壁の前だった。

これからここを掘り進める。そしてその先で、親方は死んだ。

困ったことがある。ここは、今の段階では危ないと感じられるものがない。むしろよい鉱石が取れそうだと思われてしまう場所なのだ。実際によい鉱石もたくさん取れた。

「親方。頼みがある。ここは掘らないでもらえないか？」

「何か問題があるのですか？」

親方は壁に触れながら不思議そうに俺を見た。俺は実際に起こったことを知っているから危険だと分かるだけであって、実際にこれから掘る場所が危険かどうかの見極めは親方の方が格段に優れている。それを知っているからこそ、親方が進むルートを決め、皆はそれに従っていた。理由のないところで駄目だと言われても、信じられないのが普通だろう。

「嫌な感じがするのだ。この先には、どうか行かないでほしい」

懇願するように親方を見ると、親方は探るようにじっと俺を見て、それから「分かりました」と言った。そしてその壁に大きくバツを描いた。ここを掘っては駄目だという印だ。親方は一度バツをつけた場所には絶対に行かない。

「ありがとう、親方」

俺を信じてくれて。いや、信じたのではなく、王の言うことだから聞いたのかもしれない。どちらでもいい。とにかく事故にあわないでくれれば。

鉱山から出た俺たちは、次に村を訪れた。管理官は「改善途中でいろんなところがガタガタ」と言ったが、元を知る俺からすると、そのガタガタ部分よりも確かに改善しているところに目がいった。まだ少しではあるが、確実によくなっていた。

何よりも意外だったのは、俺のことを歓迎してくれるムードだったことだ。王族ふざけんなと言っていた俺たちである。嫌そうな目を向けられると思ったが、そんなことは全くなかった。

ちょうど煮炊きをしている時間だったらしい。匂いにつられて調理場の方に行くと、俺の姿に慌てた女性たちがピシッと立ち上がった。「気にするな」と言うと、動揺しながら少しずつ作業に戻っていく。

「おばさん、俺にも一口、分けてくれるか？」

おばさんは非常に戸惑いながらも断れないと思ったのか、鍋の蓋を開けてかき混ぜた。

「暮らしぶりはどうだ？」

「ほんとうにね、よくなったですよ。お金をもらえるようになったしね、ほら、この鍋も新しく買ったですよ」

普段敬語を使うことがないおばさんの口調は、どこかたどたどしい。

「皆いっぱい食べられるようになってね、元気になったよ。ほんとうにありがたいですよ」

おばさんは器に少しだけ作っていた豆料理を入れて、俺に差し出した。毒見をしようとしたのか、一歩進んだ管理官を手で制してそのまま口に入れる。懐かしい味がした。

「ありがとう、美味しかった」

そう告げると、おばさんはニカッと笑った。歯が何本か欠けていた。


帰りの馬車が止まっている最初の小屋まで、親方は見送りに来てくれた。

「陛下のおかげで皆が無事に暮らせております。感謝いたします」

「いや、親方が今日までしっかりまとめてきてくれたからだろう」

親方が顔を上げて俺を見る。立場は変わってしまったけれど、親方の目の色は変わらない。厳しくて優しい、仲間思いの鉱山の男の目だ。

「これからも皆の生活がよくなるように尽力するつもりだ。だけど少しだけ猶予《ゆうよ》がほしい。ここだけではなくて、いろいろな場所で問題が山積みなんだ」

すぐにでもここの待遇を上げたかったけれど、ここだけを贔屓《ひいき》することはできない。もどかしいけれど、少しずつ変えていくしかないのだ。

「陛下はどうしてそこまでしてくださるのですか？」

「かつてある人が俺に『皆に笑っててほしい』と言ったんだ。国民皆がそうあるようにするのが、俺の仕事だ」

ある人、とは、もちろん親方のことだ。

「親方、今日は会えてよかった。また来たいと言ったら歓迎してくれるか？」

「もちろんです。いつでもお待ちしております」

「その時まで、どうか無事に過ごしてくれ」

いつかの再会を誓って、俺は鉱山をあとにした。

◆◇◆◇◆

即位してから15年。

宰相や側近たちの力もあって、国内の俺の治世は安定し、揺るぎないものになっていた。

庶民の暮らしもかなり改善したと思う。同時に王族に恨みを抱く民も減ってきて、鵜呑《うの》みにはできないが、調査によれば俺の支持率は高いらしい。

リーゼとの間には、5人の子が産まれた。上から長女、次女、長男、三女、次男の順である。

俺は王女にも王位継承権を持たせるべく奔走していたが、その案は残念ながら見送られることになった。あまりにも急激に男性優位の考えを変えるように推し進めたため、反発が大きかったのだ。リーゼからも、今の状態で長女を王位につけるのは彼女が危険だと言われた。反対派が長女を狙う可能性を指摘されてしまえば、推し進めることはできなかった。

ある日執務室でリーゼと並び仕事をしていると、ここに勤めてまだ日の浅い若い文官がやってきた。婚姻のためにしばらく仕事を休むので、その挨拶だそうだ。

ちなみにこの文官、学園を首席卒業している。この執務室は首席率が高すぎる。肩身が狭い。

「結婚か。おめでとう」

「陛下にお礼が言いたかったのです。陛下のおかげで結婚できます。ありがとうございます」

「は？」

俺は何もしてないぞと思いながら話を聞けば、好きだけどぎくしゃくしていた婚約者に卒業パーティーでプロポーズして受け入れられ、結婚できることになったらしい。

「陛下が卒業パーティープロポーズの元祖なのでしょう？」

「元祖」

復唱したら、ラファエルがブッと吹き出した。なんだ元祖とは。

「確かに、私たちの世代までは、卒業パーティーと言えば婚約破棄の場でしたからね」

「本当にそうだったのですね？」

「そうそう。私が卒業した時も婚約破棄した人がいたな」

新人文官が「へぇぇ」と目を輝かせてラファエルの話を聞いている。卒業パーティーにはいろんな思いがありすぎて、あまり思い出したくない。特に一度目を思うと……ぐっと心を抑えた。最近は感情を制御できるようになって、ああぁぁぁと発作を起こす回数も減ったのだ。だけど一度目を思い出して悶えることは少なくなっても、今度は今世のやらかしに悶えるようになった。三度目だからもう何も後悔することはない、なんてことは残念ながら全くない。

「今はもう卒業パーティーといったらプロポーズですよ。男子生徒の勝負の場で、女子生徒の憧れらしいです。成功した人は皆陛下に感謝してます」

「それって、失敗した人からは恨まれてるってことじゃないか？」

「どうでしょう、恨まれることはないと思いますけど。自業自得でしょう」

なかなかに新人文官は手厳しいようだ。

俺に挨拶を終えたあと、直属の上司に当たるラファエルにも彼は挨拶していた。同じ部屋の中なので丸聞こえである。

「休みの申請は通っているから、期間中ゆっくりしてくるといい。ただし、休みが終わったらしっかり気持ちを切り替えてここに戻ってくること」

「気持ちの切り替えですか？」

「そう。陛下が結婚なされた時は、ずっと浮かれていて仕事が手につかずに大変だった」

その頃を思い出して、思わず「ぐっ」と声がもれた。言うな、ラファエル！

「それから、まぁ、頑張れよ」

ラファエルが生温かい視線を送っているが、新人文官は察しがよくないタイプらしい。

「何を頑張るのですか？」

「そりゃ、その。陛下も結婚式を挙げられた直後は、それはもう挙動不審で……」

「あああぁぁぁ」

新人文官がビクッと身体を揺らす。

俺は机に突っ伏した。勢い余って額を軽く打つ。新人文官の慌てた声が聞こえる。

「へ、陛下？　大丈夫ですか？」

リーゼはクスッと笑って「大丈夫ですよ、昔からの病気なのです」と宥めていた。

◆◇◆◇◆

即位してから35年。

問題がない日は今だってない。だけど民の生活は向上し、貴族も落ち着いている。ひとまず国は安定したと言える程度にはなったと思う。

俺は王位を長男に譲った。

本当はもう少し早く譲りたかったが、残念ながら長男は俺に似てあまり器用でなく、聡明でもなかった。性格が穏やかで驕《おご》り高ぶることがないところは安心だが、全体的に凡庸《ぼんよう》である。リーゼに似ていればさっさと交代しただろうが、素直でなんでも信じてしまうあたりがどうにも危なっかしく、なかなか決断できなかったのだ。

ちなみに次男はリーゼに似て聡明でしっかり者だ。彼を次期王に、という声もあったが、本人が「絶対にない」と公言したうえで、後ろ盾にはなりえない惚れた男爵家の娘を囲い込んで外堀を埋めてついに結婚した。少々腹黒いところや自分が上に立つよりも補佐をする方が向いているあたりは前宰相である義父に似ていて、兄を立てるフリをしながら裏で物事を動かしまくっている。そんな次男とちょっと抜けているところのある長男は、なんだかんだ上手くやっているようだ。

3人の娘もそれぞれ結婚し、いつの間にか俺たちには孫ができた。

譲位したからといってすぐに仕事がなくなるはずもなく、特に最初の5年は新国王となった長男を補佐しつつ、いろいろなところに口を出したり顔を出したり、変わらず忙しく過ごした。

それを過ぎると、口うるさく遠慮のない信頼できる臣下たちから「もう大丈夫だから」と言われるようなことが増えてきた。俺はもういらないらしい。いやきっと、俺がそろそろのんびりしたいのを知っていて、そう言ってくれているのだ。皆の優しさだと信じている。

ある日の昼下がり。俺は離宮にあるリーゼの部屋を訪ねた。譲位するにあたって、俺たちは住まいを王宮から同じ敷地内の離宮に移していた。

「あら、クラウス様。会議に顔を出すとおっしゃっていませんでしたか？」

リーゼは俺に気が付くと、読んでいた本にしおりを挟んで閉じた。

「その会議に行ったんだが、お前はもうこなくても大丈夫だと追い出されてしまったよ。まったく、皆、俺の扱いが雑じゃないか？」

リーゼが「まぁ」と声を上げてクスクスと笑う。リーゼも俺と同じで、少しずつ時間に余裕ができていた。侍女がお茶を出して下がると、俺たちはのんびり話をした。

「次はどこに行こうか、相談に来たんだ。行ってみたいところや、やりたいことはあるか？」

「ふふっ、視察ではないのですか？」

「視察だ。……ということになっているから、一応候補地はある」

国王になった長男から「現地へ行って状況を知らせてください」と頼まれている。王だった時にはそうしたいと思っても軽々と動くことはできなかったから、俺は二つ返事で頷いた。

今回は視察先に海辺の町を選んだ。漁業権をめぐって隣国ともめごとがよく起こっていた、国境の町だ。といっても既に国の間での取り決めはなされており、ここ数年大きな問題が起きたという報告はない。それでも実際の状況を確かめる必要があったのは事実だ。リーゼが釣りをしてみたいと言ったから、という理由だけではないことはしっかり述べておく。

一通りの視察を終えて状況を聞き、問題点を洗い出してから、仕事を終えた俺たちは町長と漁師におすすめだという場所に連れていってもらい、釣り糸を垂らした。

「釣りもいいな。のんびりした気分になれる」

「そうですね」

波が穏やかで、いい陽気だ。餌を入れればすぐに食いつくというものでもないらしく、俺たちは静かに海を見つめた。

「クラウス様、お疲れさまでした」

「うん?」

「まだ終わったわけではありませんけれど、仕事もだいぶ落ち着いたのでしょう？　今までずっと働きづめだったではありませんか」

「まぁ、そうだな」

ずっと忙しかった。国王だったのだから仕方がない。片付けても片付けても次の案件が出てきて、途切れることがなかった。だけど、優秀な臣下たちのおかげでやりたいと思っていたこともやれた。学校を作って平民たちも通うように制度を整えたり、診療所を増やしたり。一つ達成するとさらにもう一段階上までやりたいと思って、それも止められなかった。大変だったけれどやりがいはあったし、仕事は楽しかった。

だけどそれをこなすために、リーゼには負担をかけた。

「リーゼ、すまなかった」

「何がですか？」

「リーゼもずっと休めなかっただろう。俺は君を幸せにすると約束したのに、ゆっくりさせてやることもできなかった」

王妃の仕事に加えて子を産み、もちろん乳母や教育係はいたけれど、子の世話もあった。貴族の女性たちを取りまとめたり、時間ができれば執務もした。共に参加しなければならない儀式や行事も多くあった。働きづめだったのはリーゼも同じだ。

「王妃の立場が軽いものでないことは、最初から分かっていたことです。大変だと思ったことはあっても、嫌だと思ったことはありませんよ」

「でも気軽に出かけることもできなかったし、やりたいことも本当はいっぱいあっただろ？」

隣を見るとリーゼは海を見ていて、「あっ」と声を上げた。

「クラウス様の、引いてるんじゃありませんか？」

「え？」

海面に視線を戻すと、確かに糸が動いていた。慌てて竿《さお》を引く。

「あっ、リーゼのも」

俺のよりも大きく糸が動いている。リーゼは竿を持ち上げようと頑張っているけれど、大きいのか重そうだ。後ろに小さく合図すると、少し離れて控えていた護衛や漁師が急いでやってきた。彼らに手伝ってもらい、リーゼは大物を釣り上げた。

「初めてでこれを釣り上げるとはすごいです」

漁師が驚いている。魚の種類には詳しくないが、珍しいらしい。リーゼも嬉しそうだ。

ちなみに俺が釣り上げたのは、とても小さい魚だった。

漁師おすすめの場所だけあって、その後も順調に俺たちは釣った。なぜか俺が釣るのは小さい魚ばかりで、リーゼはそこそこの大きさの魚を合計３匹釣った。

「どうやら魚もリーゼに釣られたいらしい」

俺がボソッと呟くと、リーゼはふふっと笑った。

「この勝負はわたくしの勝ちですね」

「勝負だったのか？」

「そうですよ？　次に時間ができたら、わたくしがやりたいことに付き合っていただきましょう」

そんなこと、勝っても負けてもいくらでも付き合うが。

「やりたいことは、これからやればいいのですよ。嫌ですか？」

「嫌なはずがないだろう。喜んで」


リーゼが次にやりたいことに挙げたのは、パン作りだった。俺の得意分野である。二度目の俺はパン屋で働いた経験があるからだ。リーゼは菓子やパン、料理にもともと興味はあったらしい。小さい時には俺にクッキーを焼いてくれたりもした。だけど貴族の女性が厨房に入るのは歓迎されないから、諦めてきたという。

住まいである離宮の厨房で料理人に教わりながら生地を捏ね、発酵させて、成形する。毎日パンを焼いていた頃とは身体が違うから感覚も違う。だけど勉強した作り方だけはちゃんと覚えていたらしい。やり始めるとつい夢中になってしまった。

「クラウス様は上手ですね」

リーゼの声にハッとした。俺の前には綺麗に成形された生地が並んでいる。俺の不器用さを知っているリーゼには不自然に映ったかもしれない。しまったと思ったけれど、もう遅い。

「お、思ったよりも上手くいった。今日のために本をしっかり読んだ甲斐があったよ」

ははっ、と笑ってごまかしてみる。

「リーゼも上手にできてる」

お世辞ではない。リーゼはとても器用だ。記憶の中の俺は、少なくとも最初の頃はこんなに綺麗に形を作れなかった。

「クラウス様ほどではありませんけれど、初めてにしてはまあまあかしら。上手く焼けるといいのですけれど」

パン窯《がま》から出されたパンは綺麗に焼けていた。もしパン屋のおじさんとおばさんがここにいたら、微笑みながら「まだまだだな」と言うだろうけれど、楽しむ分には十分な出来栄えだ。

「パン作りって簡単じゃないのですね。またチャレンジしますわ」

その日の夕食で、俺はリーゼが焼いたパンを食べた。優しい味がした。


それから俺たちはいろんなことをした。庶民を装って街を歩いたり、農作業を体験したりもした。周りには「陛下方を畑に入れるわけには……」と恐縮されたが、リーゼに忌避《きひ》感はないようだった。むしろ伝わってくるほどにわくわくしていた。初めて土まみれになり、顔に泥を付けながら笑っていたリーゼは最高に可愛かった。

家畜を追い回すのは得意だと思っていたけれど、そういえばあの頃よりも俺はずっと歳を取っていて、役に立てなかった。ちなみに追い回したのは毛刈りのためだ。さすがに潰すところをリーゼに見せるつもりはなかった。

視察の名目でいろいろなところにも行った。一応言っておくが、ちゃんと視察して結果を報告しているし、改善点があれば直している。ついでに自分たちと同年齢程度になったいわゆる「大御所」と呼ばれる貴族の重鎮《じゅうちん》たちを諌《いさ》めたり取り持ったり宥めたりして経済効果を上げているので、文句はないはずである。

そんな視察先には王都にはないよいこともある。俺たちの顔を知っている人が少ないので、庶民に混じれるのだ。王都の街だとバレてしまうことも多いが、街を歩いても不審がられない。

街歩きをしながら、生活はどうか聞いて回った。概ね明るい顔でよくなったと答えてくれた。同時に今の王族の評判が爆上がりしていて、俺はいつもいたたまれない気持ちになった。

「前の国王陛下が素晴らしい方でね、ご覧のとおり、おかげ様でこの店もこんなに大きくなったんだ」

「今は孫娘が学校へ通ってるんだ。将来お城に勤めるんだなんて言っててさ、あたしらの頃じゃ考えられなかったよ」

「俺らでも行ける診療所ができて、うちのじいさんは命拾いしたんだ。三軒隣の子供も助かった。感謝しかないさ」

政治は俺だけで動かしていたわけじゃない。皆が頑張ってきた成果を俺の功績のように語られるのは心苦しいが、俺の父の代までの王族のひどい評判を変えなければならなかったので、そう仕向けたところはある。俺が、じゃない。前宰相を始めとした当時の重臣たちがそうしたのだ。だから俺は素晴らしい王であったかのように思われている。それだけでも申し訳なく思うのに、どうにも身分が離れるほど噂が美化される傾向があるらしい。

「前の国王陛下は頭が素晴らしくよくて、臣下が一斉にしゃべっても聞き分けて、それぞれに指示を出せるんだってさ」

もはや人間じゃないな。

「あら、あたしは未来が予言できるって聞いたよ」

そんなわけないだろ、と言いたいが、あながち間違いでもない。やっぱり俺は人間じゃないのかもしれないと思えてきた。

「絶世の美男子なんでしょう？　あたしも一度でいいからお目にかかってみたいわぁ」

……本人いるよ、目の前に！

俺がこの場に適切だと思われる笑顔を貼り付けている隣で、リーゼが口を押さえて目を逸らし、肩を震わせている。まったく、他人事《ひとごと》だと思って……とリーゼを軽く睨もうとした時。

「いや、すごいのは前王妃様の方らしいよ。実は実権を握っていたのは前王妃様だったとか。

陛下も奥方には頭が上がらないんだって」

「そうなのかい？　なんでも女神のような方だってのは聞いたけど」

「女神？　あたしは魔法使いって聞いたよ。困ってる人がいたら魔法で助けてくれるんだと」

「前王妃様が畑に水を撒けば即座に芽が出て実がなるって聞いたけど、本当だったのかい」

リーゼも人間じゃなくなってた！

本当なわけないだろと心の中で突っ込みながら隣を見ると、リーゼは先ほどと変わらない姿勢のままちょっと顔を赤らめていた。

「美男美女でお似合いのご夫婦なんだろ？　遠くからでもいいから見てみたいねぇ」

「ほんとねぇ」

俺たちはいたたまれなくなって逃げ出した。そしてお互いを見て笑い合った。

◆◇◆◇◆

年月は流れ、いつからか、俺たちは遠出するのが厳しくなってきていた。馬車の移動だけでも疲れてしまう。歳を取ったなと自分でも思う。

幸か不幸か、仕事はなくならなかった。王であった頃のように忙殺されることはないが、改善すべきことはいつだってある。俺とリーゼは近場でやりたいことをやりつつ、仕事を手伝って息子の治世を支えた。

ある日俺が王宮で手伝いをしていると、リーゼの侍女が慌ててやってきた。リーゼが倒れたのだという。大急ぎで離宮に戻ると、リーゼは寝台に横たわっていた。

「リーゼ、大丈夫か？」

「あら、戻ってきてくれたのですね。お仕事中でしたのに、すみません」

よいしょ、と起き上がろうとしたのを止めて、休ませる。

「ちょっとクラッとしただけですよ。皆、大げさなんだから。クラウス様こそ大丈夫ですか？顔が真っ青ですよ」

リーゼの顔色はよくないが、思ったよりは元気がありそうで安心する。

駆けつけた医者に診てもらったところ、疲れが出たのでしょう、とのことだった。

幸いにも、リーゼはすぐに回復した。だけどそれから少しして、今度は風邪を引いて寝込んだ。それも回復したけれど、だいぶ疲れやすくなっているようだった。

「わたくしももう歳ですから、仕方がありませんね」

その頃からリーゼは体調を崩しがちになった。俺は王宮に通うのをやめた。離宮の中で書類の手伝いをして、王宮に行くのはそれを届けたり用事のある時だけになった。

「わたくしに気を使わなくていいのですよ」

「いや、俺ももう歳だから、体力的に厳しいんだよ。お互い若い頃のようにはいかないな」

俺がいない間にリーゼに何かあったらと思うと怖かったから、というのが一番の理由ではあるけれど、俺自身も体力がなくなって、身体が弱くなってきている自覚はあった。

離宮の中でもできることはいろいろあって、退屈することはなかった。簡単な仕事の他に、ゆっくり2人で本を読んだり、料理をしたり、花を植えてみたりした。時々友人や家族たちが訪れてお茶会をすることもあったし、リーゼの体調がよい時には短時間だけ街に出ることもあった。

しばらくのんびりと穏やかな日々を過ごす間、リーゼは体調が悪くなったりよくなったりしながら少しずつ衰えていった。

「リーゼ、今日は天気がいいから庭に花を見に行かないか？　一緒に植えた花につぼみができていただろう。そろそろ咲く頃じゃないか」

体調がよさそうに見えたその日、俺はリーゼを散歩に誘った。「いいですね」とリーゼは頷いて、俺たちは庭に出た。花は咲き始めていた。

「これからたくさん咲きそうだな」

「そうですね。しばらく楽しめそうです」

リーゼが種類を選んで植えた花は小さいけれど色とりどりで、つぼみがたくさんできていた。大きく華やかではないが可愛らしい。リーゼらしいと思った。

「あら、こちらもつぼみが……あっ」

隣の花壇を見ようと屈んでいた背を伸ばした時、リーゼは急によろめいた。

「リーゼ、どうした？」

慌てて抱きとめる。顔が真っ青だ。

すぐに侍女を呼んで部屋まで運び、医者を呼んだ。寝台に横になってもなかなか顔色が戻らないことに不安が募る。

医者はリーゼを診察して薬を指示した。そして別室で俺と向かい合い、緩く首を横に振った。また「疲れが出たのでしょう」で終わると信じていた。信じたかった。でも医者はそうは言ってくれなかった。

部屋に戻ると、リーゼは眠っていた。少し顔色がよくなったようだ。俺はリーゼの枕元に椅子を持ってきて座った。どうしたらいいか分からず、ただ座っていた。どのくらいそうしていただろう、リーゼが目を開けた。

「リーゼ……」

「わたくし、どうして……あぁ、運んでくださったのですね。すみません」

「体調はどうだ？」

「薬を飲んで休んだら、だいぶ楽になった気がします。もう歳ですから仕方がないのですよ」

どう伝えたらいいだろうかと悩んだけれど、リーゼは全て分かっているようだった。

「何か食べられそうか？」

「少しなら大丈夫そうです」

「そうか、なら、持ってくる。今日はここで食べようか」

この日から、寝室で食事をとるのが日課になった。


一度回復したように見えたリーゼだったが、日に日に動けなくなった。

そしてついにベッドから起き上がることも難しくなってしまった。

俺は本を書いた。ベッドの横に腰掛けて、俺が書いた物語だと言って少しずつそのお話を語った。少しでも笑ってほしかった。

「あるところにバカな王子がいました。その王子にはよくできた素晴らしい婚約者がいたのに、気に入らないという理由だけで婚約を破棄しました」

「あら、破棄してしまったの」

「そう。学園の卒業パーティーの時にね。皆が見ている前で『お前との婚約を破棄する！』って宣言したんだ」

「それで、どうなりましたの？」

「塔に幽閉されて、最終的には身分剥奪のうえで鉱山に送られたよ」

「えっ、婚約を破棄しただけで？」

「それまで王子の仕事を全部その婚約者に押し付けていたんだ。それに婚約者の使用人を暴行するように命じたり、それ以前にも直接手は出さずとも側近に命じていろいろやらせていた。ひどい行いをたくさんしていたんだ」

俺はバカな王子の奮闘記を語った。

婚約を破棄してから婚約者がいかに有能だったか気が付いたこと、幽閉中のできごと、鉱山でのやりとり。

「それでその王子は……いや鉱夫は、落石事故で亡くなってしまいました」

「なんてことかしら。せっかく改心したのに」

「でもね、続きがあるんだ。なんと彼は別の人に生まれ変わりました。次の人生、気が付いた時は孤児でした。……疲れただろう？　続きは明日にしようか。少し休むといい」

「明日が楽しみになりましたわ」

リーゼが寝たのを確認すると、俺はまた本の続きを書いた。

少しでも離れたくなくて、リーゼの寝ているベッドの横で、彼女の寝顔を見ながら書いた。

「今日はバカな王子の二度目の人生の話を聞いてくれるか？」

「えぇ、もちろん。わたくし、それを楽しみに目を覚ましたのですよ」

「疲れたらすぐに言うんだよ。では……生まれ変わった彼だけど、王子だったという記憶はあまりなくて、鉱夫だった記憶が薄っすらあったんだ。彼は本が好きでした。教会の孤児院にいたにもかかわらずあまり信心深くなくて」

「教会の孤児なのに神様を信じなかったの？」

「そう、信じてなかったけど、でも教会だから聖書ならすぐに借りることができて、いつもそれを読んでいました」

孤児院を出てパン屋で働いたこと、孤児は蔑まれていたけどそれなりに頑張っていたこと、貸本屋で借りた本の中で面白かったもの、最終的には公爵家の使用人になって大出世したこと。

本にはもっと詳しく、経験したできごとを書いた。だけど話す時にはなるべく聞いていてつらいと思われるところは除き、リーゼに楽しんでもらえるように工夫した。

「彼は若い女の子にはあまり出会わなかったけれど、おばさんにはモテたんだ。なにせ愚痴を聞くのが素晴らしく上手だったからね」

「あら、ふふっ」

「花屋でも菓子屋でも、いつも口止め料だと言って余ったものをもらったんだ。だから誰に見せることもないのに、部屋にはいつも花が飾られていたよ」

俺は絵が得意ではないけれど、挿絵《さしえ》も少し描いた。分かりやすいように、と思って描いているのに、どうやらかえって混乱させているようだ。

「これは一体なんの絵ですか？」

「城の庭だよ。リーゼとお茶会をしたところを思い出しながら描いてみたんだ。これは花」

「このようなお花、咲いていたかしら？」

俺は真剣に描いているのに、リーゼは笑った。だから俺は挿絵を増やした。

俺は毎日少しずつお話を読んだ。リーゼの顔色を見ながら、大丈夫そうな時だけ。

「彼はまた生まれ変わりました。三度目の人生は、また一度目の王子でした。いろいろな経験をしてきた彼は、今度こそ失敗しないように、よき王になることを決意しました」

「三度目があるのですね」

「そうなんだ。でもこれが最後だよ。……王子は一度目にひどい扱いをしたうえに婚約破棄をしたご令嬢に会うと、一目で恋に落ちてしまいました」

リーゼは次第に寝ている時間が長くなった。食事も喉を通りにくくなっているようだった。

俺はリーゼが好きな桃のゼリーを少しずつ口元に運んだ。リーゼは「美味しい」と言ってゆっくり食べた。

とうとう、俺が読んで聞かせていたお話もほとんど終わりになった。

「彼は世界一の幸せ者になりました」

「その王子は幸せになったのですね？」

「あぁ。彼自身は凡庸で特別秀でたこともなかったのだけれど、優秀な側近たちが国を繁栄させて守ってくれた。何よりも彼の隣にはいつも大好きな妻がいて、その妻が微笑んでいてくれたから」

視線を本からリーゼに移すと、彼女は微笑んでいた。

ほら、そうやっていつも隣で。だから俺は世界一の幸せ者だ。

まだお話を終えたくなかった。これが終わってしまったら、リーゼがいってしまうような気がした。だから俺はもう一度本に目線を向けた。

「それで、まだ話は続いているんだ」

今も、ずっと続いている。だけど本の先は、白紙だった。

「素敵なお話でしたわ」

「楽しんでもらえたか？　それならまた明日、続きを話そう」

さすがにリーゼに疲れが見えてきている。今日はそろそろ休ませてあげた方がいいだろう。

俺がリーゼの布団を整え直そうとすると、リーゼは俺の手にそっと触れた。

「これが、クラウス様が辿ってきた道なのですね」

「……え？」

リーゼは俺を見て微笑んだ。

俺は一言も俺の話だとは言っていない。三度目のお話では「俺たちに似ているだろう？」と笑ったりはしたけれど、わざと似せていることにしていた。

「長い間、大変でしたね」

「……リーゼ？」

俺が目を丸くすると、リーゼは少しだけ呆れたような顔をしてみせた。

「何年一緒に過ごしてきたと思っているのですか？　もうとっくに気が付いておりましたよ。クラウス様が他の人生を歩んだのだろうことも、わたくしにずっと罪悪感を抱いていることも」

「リーゼ、も、もしかして、君も……？」

リーゼは緩く横に首を振った。

「わたくしに別の人生の記憶はありません。だから最初は分からなかったのですよ。クラウス様がどうして頭を抱えるのか、なぜ寝言でわたくしに謝るのか」

「寝言を言っていたか？」

「ごくたまにですけれど、すまないリーゼ、って。謝ってもらうような心当たりがありませんのに。それに、初めてのはずの街を知っていたり、厨房に入ったことなどないはずなのに料理ができたり。不思議に思うことは度々ありました」

「それは……」

「本で読んだ、ですか?」

そう、本で読んだことにしていた。いつも。

リーゼはふふっと笑った。

「クラウス様は素直すぎて、嘘が下手なのですよ」

俺は唖然とした。リーゼは全てお見通しだった。

「クラウス様、わたくしが知っているのは今の貴方だけです。だから、クラウス様がわたくしに罪悪感を抱く必要はないのですよ」

「リーゼ……」

「もっと早くにお伝えすればよかった。そうすれば、貴方の心を楽にして差し上げられたのに」

少しの後悔を滲ませるようにリーゼが目を伏せ、それから、ちょっとだけ口を尖《とが》らせた。

「クラウス様がいけないのですよ。教えてくださらないから」

「そうだな、俺が全部悪かった」

「そうやって全部自分のせいにしようとするのですから。聞かなかったわたくしがいけなかったのです。申し訳ないとは思っているのですよ。でも聞けなかったのです。だって……」

リーゼは俺を見ると悪戯っぽく笑った。

「頭を抱えている貴方は面白かったのですもの」

リーゼがクスクスと笑う。

「きっと一度目のわたくしのちょっとした仕返しですわ」

そんなはずはなかった。リーゼは頭を抱えた俺を心配して、どうしたのか、大丈夫かと何度も聞いた。話さなかったのは俺だ。

「これが仕返しになるのなら、いくらでもしてくれ。これからもずっと、何度でも。俺はいくらでも頭を抱えるし、のたうち回って君を笑わせるから。だから……」

「クラウス様」

リーゼは優しく微笑んだ。だけど、そうするとは言ってくれなかった。

お互いに分かっていた。もう、残された時間は少ないと。

「もし貴方の人生がもう一度あるのならば、またわたくしをお側に置いてくださいね」

「また俺の側にいてくれるのか？　俺はこんなに情けない男だぞ」

「情けなくなんてありませんよ。最高に頼もしくて、優しくて、カッコいい、わたくしの自慢

の夫です」

リーゼはふふっと柔らかく笑って、「わたくしがそうしたのですから」と言った。

「ずっと、これからもずっと側にいてくれ」

俺は懇願《こんがん》するように、リーゼの手を握った。かつて白く瑞々《みずみず》しかった彼女の手はかさつき、しみもできた。俺の手も同じだ。共に時を重ねてきたその手が、皺《しわ》の刻まれた顔が、リーゼの全てがどうしようもなく愛しい。

「リーゼ、俺は君を幸せにできただろうか？」

「えぇ、とても幸せでしたよ」

「そうか……。ありがとう、ありがとうリーゼ。愛している」


その翌日、リーゼは天に上っていった。

休むことなくずっと側についていた俺を労るように、そろそろ休めと言うかのように。

おやすみなさいと、まるでいつも共に眠る夜のように。

ただ穏やかに微笑んでいた。


雲一つない、よく晴れた日だった。

エピローグ

王宮の宝物庫には、王族の所有するたくさんの宝物が保管されている。煌びやかな王冠、宝石のたくさんついた首飾りや腕輪、ブローチ。値のつかないような絵画も多数ある。

この国の第一王女であるリーゼは7歳になり、初めて宝物庫に入ることを許された。リーゼは父である国王、宝物庫の管理官と共に中へ足を踏み入れ、ぐるりと見回して「わぁ」と感嘆の声を上げた。

「綺麗だろう？」

リーゼの目を引いたのはたくさんの宝石が散りばめられた冠だ。儀式の時に父が身に着けていた記憶がある。

「お父様、わたくしもこれを身に着けることがあるのでしょうか？」

「どうだろうな。着けてみたいか？」

「……どうかしら？」

リーゼは首を傾げる。7歳の女の子としてはキラキラするものに目がないし、今ここでちょっとだけかぶってみたいかという単純な質問だったら、答えは「かぶりたい」である。だけど相応の場でこれを身に着けるということは、それなりの責任が伴うことをリーゼは知っていた。

ふと煌びやかな一角から視線を外して反対側を見ると、宝物には見えない古びたものたちが置かれた場所があった。

「お父様、あちらはなんですか？」

「あちらも宝物だよ。来なさい」

リーゼが父と共にそちら側へ行ってみると、一見するとガラクタのようなものが置かれていた。割れたカップ、折れた剣、壊れた耳飾り。これらは歴代の王族が使用した何からしい。

ふと見上げた一角に本が見えた。古びた手鏡のようなものと共に飾られている。ここにあるということは貴重なものなのだろうが、特に凝った表紙でもなく、ごく普通の本に見える。

「お父様、どうしてここに本があるの？」

「リーゼはここに入る前に本を読んだね？」

リーゼは自分の質問に答えてもらえていないことを疑問に思いつつ頷いた。ある1冊の本を読み終えること、それがこの宝物庫に入る条件として父から出されたものだった。

「面白かったか？」

「はい。絵本でも見たことがありましたけど、もっとたくさん書かれていて楽しかったです」

その本とは「ある王様の物語」という題名のもので、この国では知らない人はいないくらい、とても有名な本だ。「ある王様」の名前は記されていないが、それが三代前の国王、つまり現国王の曾祖父であるクラウス王を指すことも、ほとんどの人が知っている。

リーゼが読んだのは子供向けに抜粋して簡単に読めるようにしてある本だ。もっと抜粋して絵を前面に出した絵本も存在するし、大人向けにも原本をそっくり写した本の他に、読みやすくしたものもある。

「誰が書いた本か、知っているだろう？」

「わたくしのおじい様のおじい様なのでしょう？」

「そう、リーゼのひいひいおじい様だ。ここに来る前にご挨拶に行ったな」

「えぇ、今日も花だらけでしたね」

リーゼはその時のことを思い出す。

広い王宮の敷地内の一角に、歴代の王族が眠る墓地がある。

王宮の建物から少し離れたその場所は公園のように綺麗に整えられ、解放的な空間になっている。その中の一区画にクラウス王とリーゼ王妃の墓は仲よく並んでいる。

宝物庫に来る前、2人はそこに足を運んでいた。リーゼは父と共に足元の花を踏まないように気を付けながら墓の前に進んだ。そして持ってきた花を供えようとして困ってしまった。

「どこに置いたらいいかしら」

父である国王も困ったように笑った。まるで墓が埋め尽くされるのではないかというくらいに花が飾られていて、既に置き場がないからだ。

「とても綺麗ですけれど、どうしてここだけこんなにお花が？」

リーゼは何度かここに来たことがあった。いつも同じように大量の花が供えられている。偉大な王と王妃だったからだと聞いたけれど、なんとなくそれだけの理由ではない気がした。

「パワースポット、らしいぞ」

国王は苦笑しながら答えた。

「ぱわーすぽっと？」

「クラウス王は名君でリーゼ王妃は聡明で優しい賢妃だと知られているけれど、それと同時にお2人はとても仲がよかったことで有名なんだ。クラウス王は王妃を非常に愛していて、リーゼ王妃はいつも王に寄り添っていたそうだ」

クラウス王とリーゼ王妃をモデルにした物語は多数の本にされていて、もはやどれが本当なのか分からない。ただ、2人がとても仲よく幸せに暮らしました、という結末はたいていの本で一致している。

「仲がよかった王と王妃にちなんで、ここに2人で訪れると幸せになれる、と言われているらしい。たしか昨日は解放日だったかな」

王宮の一角なので、いつでも誰でも入れるわけではない。一般の人が立ち入れるのは解放日の決められた時間だけだ。その時間は行列のできる人気ぶりだというから恐れ入る。人の墓を一体なんだと思っているのだ、と国王は苦笑する。自身も愛妻家の国王は、きっとクラウス王は2人で静かに過ごせないことに少しムッとしているのではないだろうか、という気がしている。とはいえ、国王もかつて王妃と共にここを訪れているから、人のことは言えない。

もしかしたら毎日ではないから賑やかでいいと思っているのかもしれない。リーゼ王妃が喜んでいたら、クラウス王もきっと一緒に喜んでいる。

「クラウス王とリーゼ王妃にご挨拶しよう」

国王は場所を探し、クラウス王の墓の近くにそっと花を供えた。リーゼもまたリーゼ王妃の墓の前に花を置き、2人は墓の前で礼をとった。

「わたくしもクラウス王みたいな方と結婚するのかしら」

「うん？」

「それともリーゼ王妃のような方かしら。だってわたくし、名前をいただいたリーゼ王妃とは似ていない気がするのですもの」

リーゼの名はリーゼ王妃にあやかってつけられたものだ。彼女のように聡明で優しく、そして幸せになってほしいという思いが込められている。まだ7歳の娘から結婚という言葉を聞くとは、国王はなんとも複雑な気持ちになった。伝え聞くクラウス王のように大切にしてくれる人ならば、もしくはリーゼ王妃のように包み込んでくれるような人ならば、とは思うものの、まだ早いという気持ちが強い。

「リーゼもそのような人に出会ったら、共にここに来るといい。きっとリーゼのひいひいおじい様とおばあ様が、君を幸せにしてくれるよ。でもここに来る前に、まず私に報告すること」

「お父様もお母様とここに来て、お願いしたの？」

「したさ」

後ろからクッと笑う声が聞こえた。当時王太子であった国王が非常に熱心にここに通っていたことを知っている、長い付き合いの側近である。ちなみに彼は、街の本屋出身だ。

国王はチラリと彼を見て、わざとらしく咳払いをした。


クラウス王とリーゼ王妃のお墓はとても綺麗だった、とリーゼは思い出しながら、宝物庫にある目の前の本を見た。おそらくこれは。

「ひいひいおじい様が書いた本なのですね？」

「よく分かったね。この本はクラウス王が直々《じきじき》に書いた、リーゼが読んだ本の原本だよ」

「開いてみてもいいですか？」

「あぁ。でも汚したり破いたりしないように気を付けて」

リーゼはそっと本を開いた。流麗な字が並んでいる。まだ分からない単語も多いけれど、開いただけでわくわくして心が躍った。

「わたくしも読みたいわ」

「もう少し大きくなったら、嫌でも読むさ」

この原本はクラウス王が自ら書いたもので、自身の経験をまとめた本だと言われている。彼は自身が犯したさまざまな失敗や反省を書き記すことで、後世の人々、特に為政者が同じ過ちを繰り返さないようにと望み、この本を残したらしい。

「リーゼはこの本からたくさんのことを学ばなければいけないからな」

クラウス王の時代に始まったと言われる女性の社会進出は目覚ましく、今では女性が男性と同じように仕事をすることはもちろん、爵位を継承することも珍しくなくなった。女性にも王位継承権が認められるようになってから、リーゼは初めて国王または王太子の第一子として誕生した女児だ。

まだ男性優位であるところは残っているし、女王の誕生に反対する意見もある。本人が拒否する可能性もあるだろう。だからリーゼが将来王位に就くかは分からない。だけど、リーゼはこの国初の女王の座の一番近くにいる。

「お父様、クラウス王には3回人生があったって、本当かしら？」

「どうだろうね。それは研究者の間でも意見が分かれているところだ」

本の内容から、三度の人生があったと考えなければ矛盾が生じる箇所がある、という意見もあるし、さすがに非常識すぎる、創作だろう、とする意見もある。

「お父様はどう思いますか？」

「本に書いてあるのは事実だと思っているよ。あくまで私はね。実際にどうなのかを知っているのはクラウス王だけだろうな。本の隣を見てごらん」

父の差す方を見ると、手鏡のようなものがあった。父が頷いたので、そっと手に取ってみる。

鏡らしき丸い部分は曇り、割れている。鏡の周りに施された装飾も今はくすんでいる。

「王家に伝わる秘宝の一つで『三度の手鏡』と呼ばれるものだ。クラウス王はそれに選ばれて、3回の人生を生きたらしい」

「選ばれた？」

「そう。秘宝が人を選ぶんだって」

「わたくしも秘宝に選ばれることがあるの？」

「どうだろう。私も選ばれたことはないから分からない」

ふぅん、と相槌を打って、リーゼは手元の秘宝だという手鏡を眺めた。キラキラした王冠や宝玉を見たあとだからだろうか、お世辞にもそれは美しいとは言えなかった。

「クラウス王はどうして選ばれたのかしら？」

「さぁ。詳しいことは分かっていない。だけど、三度の手鏡の言い伝えでは、国が滅びそうになった時に選ばれるらしいよ」

「国が滅びる？　そんなことあるの？」

「ないとは言えない。実際にクラウス王の時代には争いになりかけた時があったんだ」

今は平和なこの国も、クラウス王の時代には周辺国とのいざこざが頻繁に起こっていた。この国は周辺国に比べると資源が豊富で地形的にも攻め入られにくいが、だからこそ周辺国には常に狙われていた。国力が弱まればその隙をついて狙われる可能性は大いにあった。

実際にクラウス王が即位して20年の頃、好戦的だった隣国の王がこの国に侵攻してきたという記録がある。結果から言うと、この国は大きな被害もなく追い返すことに成功している。それが可能だったのは、十分な国力が蓄えられていたからだと言われている。

「だけど、もしクラウス王が残した書物の中の一度目の人生の先であれば、もしかしたらこの国はなくなっていたかもしれないと言われているんだ」

当時の宰相が王を討ち、反乱により国が荒れた状態で侵攻されていたとしたら、国を守り切ることはできただろうか。答えは誰にも分からない。

「それを考えれば、クラウス王はこの国の救世主でもあったことになる。もしかしたらそれが秘宝に選ばれた理由かもしれない」

「国がなくなるだなんて」

「そうなっていたら、私もリーゼも生まれていなかったな」

今、この国はとても平和だ。周辺の国とも悪くない関係を保っているし、争いは起こっていない。飢えて亡くなる人はいなくなったし、貴族も平民も穏やかに日々を過ごせるようになった。問題のない国なんてものはないが、ひとまずこれを平和だと言っても差し支えないだろう。

そんな国に生まれたリーゼは、この国がなかったかもしれないと言われても全く実感が湧かない。自分がいなかったかもしれない、というのはもっと分からない感覚だ。

リーゼは手鏡をもう一度眺めて元の場所に置いた。そして本をパラパラとめくる。本にはところどころに挿絵があった。

「この絵もクラウス王が描いたもの？」

「そうらしい」

「なんの絵なのかしら？」

国王はリーゼが開いたページを見て、クッと笑う。

「クラウス王はどうやら絵が上手じゃなかったらしい」

「上手じゃないってレベルではない気がするけれど。字はとても綺麗なのに」

「字は公的文書を書くことが多いから必死に練習したと書かれていたよ。クラウス王は元来あまり器用な人ではなかったようだ。まぁ、そう見せかけて実はすごいメッセージが隠れているんじゃないか、とも言われているけどね」

研究者たちは挿絵が何を示しているのかでよく議論している。研究者泣かせというか、そんなことで議論ができる世の中になったことを喜ばしく思うべきか。この挿絵のおかげで神秘性が増している、とも言われる。

「お父様、これは何かしら？」

後半にさしかかった辺りから、時折水を零したような滲みが見られるようになった。特にリーゼ王妃の記述があるところに集中しているように見える。

「あぁ、これはクラウス王の涙だと言われている」

「涙？」

「これをクラウス王が書いていた頃、リーゼ王妃は寝たきりで、もういつ天に召されてもおかしくない状態だったそうなんだ」

「泣きながら書いたってこと？」

「そうだと思う。もしかしたらリーゼ王妃が亡くなられたあとに読み返して、涙を零されたのかもしれない」

リーゼはその滲んだ部分をそっと指で触れた。当然もう乾ききっていて、そこだけ少しパリッとしている。

「ひいひいおじい様はおばあ様が大好きだったのね」

「クラウス王が亡くなられたのは、リーゼ王妃が亡くなられたわずかひと月後だったそうだ。きっと早く会いたかったんだろうな」

リーゼ王妃亡きあと、クラウス王は怒涛《どとう》の勢いでこの本を完成させた。そして書き終えると、仕事は終わったとばかりに床についてしまい、それから天に向かったのはすぐのことだったという。

「わたくしも早くこれが読めるようになりたいです」

「すぐに読めるようになるさ。さぁ、そろそろ出ようか」

リーゼは最後のページをめくった。文字がぎっしりと書いてあった他のページと違い、ここは白い。その真ん中に一文だけ、クラウス王の最後の言葉が記されていた。

『我が最愛の妻、リーゼに捧ぐ』

その文章を指でなぞると、リーゼはそっと本を閉じた。

完

あとがき

はじめまして、海野はなと申します。

この度は本書を手に取ってくださり、誠にありがとうございます。

本作は「小説家になろう」に投稿した同題名の短編を加筆し、大幅加筆し、加筆しすぎて今度はぎゅぎゅっと凝縮した1冊です。私はどうにも書き始めると楽しくなってしまい、書きすぎる傾向にあります。担当様にはご迷惑おかけしました。1冊にまとまってよかった……。

そして、今作が私の初の書籍化作品です。無名の新人、いや素人に短編でお声掛けくださった、ツギクル様の無謀さと勇気に乾杯。おかげで夢が一つ叶いました。心から感謝しています。

さて、本作は「そうだ、短編書こう！」という思いつきから始まりました。その中に流行りの要素も入れたいと思い「婚約破棄からのざまぁ」を私なりにこねくり回した結果、「婚約破棄してざまぁされた駄目王子が改心し、カッコよくてデキる王様に成長する話」に決まりました。が、しかし。いざ書き始めてみると、主人公クラウスは悶えて奇声を上げ始め、全然カッコよくならないし、素直で凡庸という設定のためにデキる王様にもならない。人生三度目のはずなのにいつも余裕がなく、リーゼが絡むとひどく狭量になるし、大人げない。どうしてそうなった。だけど、そんなどこかポンコツで一生懸命なクラウスだからこそ、リーゼを始めとする作中のキャラたちが支えなきゃと思い、読者様にも応援していただけたのかなと思います。

　ここからは少々ネタバレを含みますが、本編で語られなかった登場人物たちの三度目の時間軸での歩みを、文字数の許す限り書きたいと思います。まずはクルトですが、彼は三度目にも存在します。クラウスと顔を合わせることはありませんでしたが、リーゼの婚姻後に公爵領に移り、次期当主のリーゼの弟を支えました。鉱山の親方は仲間とちょっといい酒を酌み交わしながら長生きします。神父さんは体調の許す限り教会を渡り歩き、のちに孤児の救世主と呼ばれるようになります。宰相は引退後に公爵領でのんびりすると言いつつそれができる性格ではなく結局動き回り、ラファエルはなんだかんだ言いながらずっとクラウスを支え、あぁ文字数。

　最後になりますが、いつも的確なアドバイスをくださった担当編集様、美麗なイラストを描いてくださった梅之シイ様、この本の出版に携わってくださった全ての皆様に御礼申し上げます。ありがとうございます。

「小説家になろう」で応援してくださった読者の皆様。この本が出版できたのも、皆様の応援のおかげです。ありがとうございます。そしてこの本を手に取り、読んでくださったあなたに、最大の感謝を捧げます。少しでも読んでよかったと思っていただけていたら、作者としてこれ以上の喜びはありません。

2023年9月　海野はな

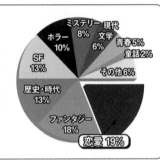

皇太子と婚約したら
余命が10年に縮んだので、
謎解きはじめます！
富士とまと
ill.新井テル子

追放悪役令嬢の旦那様
著／古森きり
イラスト／ゆき哉
1〜7
マンガPark
「マンガPark」（白泉社）で
©HAKUSENSHA
コミカライズ好評連載中！
謎持ち悪役令嬢
第4回ツギクル小説大賞
大賞受賞作
規格外の旦那様と辺境ライフはじめます!!!
卒業パーティーで王太子アレファルドは、
自身の婚約者であるエラーナを突き飛ばす。
その場で婚約破棄された彼女へ手を差し伸べたのが運の尽き。
翌日には彼女と共に国外追放&諸事情により交際0日結婚。
追放先の隣国で、のんびり牧場スローライフ！
……と、思ったけれど、どうやら彼女はちょっと変わった裏事情持ちらしい。
これは、そんな彼女の夫になった、ちょっと不運で最高に幸福な俺の話。
定価1,320円（本体1,200円＋税10％）　ISBN978-4-8156-0356-4

ツギクルブックス

愛読者アンケートに回答してカバーイラストをダウンロード！


愛読者アンケートや本書に関するご意見、海野はな先生、梅之シイ先生へのファンレターは、下記のURLまたは右のQRコードよりアクセスしてください。

アンケートにご回答いただくとカバーイラストの画像データがダウンロードできますので、壁紙などでご使用ください。

https://books.tugikuru.jp/q/202309/zamaasaretaouji.html

本書は、「小説家になろう」（https://syosetu.com/）に掲載された作品を加筆・改稿のうえ書籍化したものです。

ざまぁされた王子《おうじ》の三度目《さんどめ》の人生《じんせい》

2023年9月25日　初版第1刷発行

著者　海野《うみの》はな

発行人　宇草 亮
発行所　ツギクル株式会社
〒106-0032　東京都港区六本木2-4-5
TEL 03-5549-1184
発売元　SBクリエイティブ株式会社
〒106-0032　東京都港区六本木2-4-5
TEL 03-5549-1201

イラスト　梅之シイ
装丁　株式会社エストール

印刷・製本　中央精版印刷株式会社

ISBN978-4-8156-2306-7
Printed in Japan